KB070687

짙은 그리고 푸른

짙은

그리고

푸른

김희철 장편소설

01

5월의 기온이라고는 믿기지 않을 만큼 쌀쌀한 밤이었다. 바람은 나뭇가지를 세차게 흔들어대며 몰려다니고 있었고 하늘엔 달도 별도 보이지 않았다. 한 장의 그림엽서처럼 에메랄드그린 나무들이 입구를 향해 가지런하게 늘어서 있는 숲속 카페, '지중해'는 완전한 적막에 갇혀 노란 불빛만을 뿜어내고 있을 뿐이었다. 주변의 가로등이 없었다면 바람의 위력에 흐느적거리는 나무들의 모습은 흡사 바닷속의 해초 같아 보였다.

카페 간판의 불이 이제 막 꺼지고 있었다. 쥐찌르르, 쥐찌르르-. 어둡고 적막한 숲에서 풀벌레 소리가 들려왔다. 스탠드 등이 밝혀진 지중해 계산대 옆의 작은 창문 안으로는 30대 초반의 여주인인 록현의 모습이 보였다. 그녀는 연두색 나무 창틀로 인해 마치 액자 속의 그림을 연상시켰고 정돈된 짧은 커트 형의 검은 머리칼과 하얀 얼굴의 음영이—실내의 낮은 조명등으로 인해 오늘따라 한층 더—인물화 같은 분위기를 자아내고 있었다.

록현은 기지개를 켜다가 문득 시계를 들여다보았다. 다른 날보다는 삼십여 분이 늦은 12시였다. 하루의 피곤함을 증명하듯이 하품이 쏟

01

5

아쳐 나왔다. 그때 주방 문이 열렸고, 카페 지중해의 박 주방이 손에 긴 우산을 들고 나왔다. 그는 50대 후반의 나이였지만 나름 어울려 보이는 청재킷 차림에 챙이 작은 밀짚모자를 쓰고 있었다.

"그럼 수고. 내일 보자고."

록현은 계절과는 어울리지 않는 장화를 신은 박 주방이 귀여워 보인다고 생각했다.

"주방장님도 수고 많으셨어요. 살펴 가세요."

"이 사장, 곧 비 올 거 같으니까 조심해서 들어가."

박 주방은 조카뻘 되는 록현에게 이 사장이란 호칭을 언제나 달고 살았다.

"네, 내일 봬요."

박 주방이 나가고, 채 삼 분도 지나지 않아 거짓말처럼 빗소리가 들려오기 시작했다. 후드득, 후드득-. 창문으로 차츰 번져가던 빗방울들이 금세 평평한 물무늬를 그리며 울렁거리고 있었다. '우산이 어디 있더라?' 록현은 입구 안쪽의 우산 보관함이 비어있자 자신이 아끼는 회색 스누피 우산을 찾기 위해 실내를 둘러보았다. 순식간에 지중해 카페는 풀벌레 소리 대신 빗소리만이 가득한 세상으로 변해있었다.

"이상하다? 어디에 뒀지?"

그녀는 한동안 우산을 찾다가 생각난 듯 머리를 두드리며 주섬주섬 겉옷과 가방을 챙겨 들었다. 승용차 트렁크에 넣어둔 걸 깜빡하다니. 록현은 실내등 스위치를 하나씩 내렸다. 어두운 하늘에서 다시금 천둥소리가 들려왔다. 그녀는 뜰에 주차된 차까지 그냥 뛰어갈 심산으로 백에서 차 키를 꺼내 들었다. 그때, 딸랑 소리가 들리며 가게 문이 열리자 습관적으로 고개를 돌렸다. 그런데 문 앞에 웬 낯선 사내가 비에 젖은 모습으로 우두커니 서 있는 것이었다. 젖은 머리칼을 쓸어 올리는 사내의 눈가엔 붕대가 비스듬하게 붙어있었다. 그는 가볍게 인사를 해 보였다.

"오늘 영업 끝났습니다."

숄더백을 걸친 록현은 손을 뻗었다. 이제 마지막 남은 실내등 스위치만 끄면 지중해는 어둠에 갇힐 것이다.

"죄송하지만 스파게티 하나만 부탁드리겠습니다."

사내의 목소리는 나직했다. 그 순간 계산대 곁에 놓여있던 커다란 곰 인형이 스르르 바닥으로 미끄러져 내렸다. 인형의 몸집보다 의자가 작은 탓이었다. 록현은 곰 인형을 들어 제자리에 올려놓으며 피곤한 목소리로 말했다.

"문 닫을 시간이 지나서요. 다음에 오시면⋯."

말이 끝나기도 전에 사내는 실내로 저벅저벅 걸어 들어왔다. 순간 당황한 두 눈이 휘둥그레졌지만 사내는 아랑곳하지 않고 창가 자리의 의자 하나를 빼내 털썩 걸터앉는 것이었다.

"부탁합니다."

그 말은 부탁이 아니라 협박처럼 들렸다. 희미한 조명등 아래의 사내를 바라보던 록현은 순간 생각했다. '박 주방장님께 전화할까?' 그러나 이 빗속에서 다시 가게로 돌아오기에는 너무 멀리 갔을 게 뻔했다. 일단 록현은 낯선 사내에게 다가갔다. 그리고 용기를 내어 큰 소리로 말했다.

"손님, 영업 끝났다고 제가 분명히….”

"배가 무척 고파서요. 부탁드립니다.”

사내는 다시 한번 고개를 숙였다. '어쩜 이렇게 무례하면서도 뻔뻔할 수가.' 록현은 잠시 망설이다가 짜증 섞인 얼굴로 돌아섰다. 스파게티는 금방 만드니까 그냥 얼른 보내야겠다는 마음이 들어서였다. 계산대로 돌아온 록현은 손을 뻗어 다시금 중앙 실내등 스위치를 올렸다. '배고프면 아무 편의점에라도 들러서 삼각김밥이라도 사 먹지 굳이 왜?'라는 생각이 들면서 남자의 행동을 이해하기가 힘들었다. 록현은 사내를 흘끗 쳐다보다가 주방으로 들어갔다.

김이 피어오르는 스파게티 접시가 사내의 테이블 위에 놓였다. '아… 언제 정리하고 언제 간담?' 한숨을 쉬며 돌아서는 그때 등 뒤에서 목소리가 들려왔다.

"저, 잠깐만요.”

"네?”

사내는 록현에게 한 장의 CD를 내밀었다.

"괜찮다면 틀어주실 수 있습니까?”

록현은 눈을 동그랗게 뜨고 사내를 바라보았다. '이게 뭔 상황이지? 에이, 이런 개념 없는 인간아!'라고 소리치고 싶었다.

"…주세요.”

짙은 그리고 푸른

머쓱하게 CD를 받아 들자 사내는 포크를 들어 스파게티를 먹기 시작했다. 록현은 계산대 뒤쪽에 있는 오디오로 향했다. 박 주방이 한때 애지중지했던 낡은 오디오지만, 외형에 비해 성능은 더할 나위 없이 좋은 물건이라 카페 한곳에 장식품처럼 놓여있던 것이었다. CD를 넣고 플레이를 누르자 음악이 흘러나왔다. 그제야 다소 불안했던 마음이 조금은 진정되는 듯싶었다. 그런데 문득 '저 사내의 정체가 뭘까?' 하는 의심이 들기 시작했다. 보기에는 맛있게 음식을 먹고 있는 영락없는 손님이었지만, 그러기엔 영업이 끝난 늦은 밤이다. 게다가 이처럼 비가 퍼붓는 상황에 가게엔 주인 혼자이지 않은가? 록현은 선홍빛 입술을 쥐어뜯었다. 마음을 진정시키기 위해서는 피곤함은 잠시 접어두고 뭐라도 해야 할 것 같았다. 잠시 후, 록현은 대걸레를 뜨거운 물에 살짝 적셔냈다. 깨끗하게 닦여나가는 바닥을 보니 기분이 한결 나아졌다. 어차피 아침에 할 일이었지만 미리 청소를 해두는 것도 지금으로서는 나쁘지 않은 선택이었다. 천천히 유영하듯 미끄러지던 대걸레가 사내의 근처에 다다랐다. 의도적으로 그의 발 쪽을 향해 대걸레를 거칠게 문질러댔으나, 사내는 뒤통수에 눈이라도 붙어있는 듯 대걸레를 피해 다리를 자연스럽게 들어 올려버렸다. 당황한 록현은 걸레질을 멈추고 황급히 몸을 돌렸다.

창밖에는 여전히 비가 세차게 퍼붓고 있었다. 계산대에 축 늘어진 입에서 한숨이 새어 나왔다. 그사이 식사를 끝마친 사내는 부스스 몸을 일으키더니 걸어와 계산대 앞에 멈춰 섰다. 눈앞에 있는 남자를 올려다보자 그는 말 없이 손가락으로 오디오를 가리켰다. '뭐라? 아… CD를 돌려 달라고?' 록현은 자리에서 일어나 CD를 꺼내 사내에게 건넸다. 사내는 CD를 케이스에 넣은 뒤 입을 열었다.

"정말 잘 먹었습니다. 얼마죠?"

"팔천 원입니다."

무표정한 얼굴로 주머니를 뒤적거리던 사내는 멈칫하더니 록현을 보았다.

"저… 있죠?"

록현은 뜨끔한 얼굴로 침을 꼴깍 삼켰다.

"네?"

"내일 드릴게요."

록현은 당황한 나머지 얼굴이 빨개졌다. '이건 뭐지? 자정이 넘은 시간에 스파게티를 달라고 우기더니만 뻔뻔하게 지금 외상을 하겠다는 얘기야? 그것도 생전 처음 보는 사람이?' 록현이 심호흡을 하고는 자리에서 벌떡 일어났다. 그러나 이미 사내는 문을 열고 밖으로 나가고 있었다.

"그럼 수고하세요."

"저, 이봐요!"

사내는 거센 빗줄기 속으로 순식간에 사라졌다. 쫓아갈 힘도 없이 그대로 서 있던 록현은 완전히 당했다는 생각에 그저 멍한 시선으로 문 쪽을 바라보았다. 그리고 자신도 모르게 머리를 두 손으로 감싸 쥐었다. 쏴아아 무심한 빗소리는 그칠 줄을 모르고 들려오고 있었다.

시간당 40mm가 넘는 지난밤의 폭우로 인해 곳곳에 피해가 발생했다는 뉴스가 흘러나오고 있었다. 저녁이 되자 지중해 카페의 야외 간판의 불이 밝혀졌다. 종일 분주하게 홀을 오갔던 록현은 잠시 카페 문을 열고 나와 싱그러운 저녁 공기를 들이마셔 보았다. 얼굴을 비추는 짙은 오렌지색의 햇살은 마치 갓난아이의 볼을 살며시 부비는 느낌처럼 부드럽고 따뜻했다. 먼 하늘 위로는 새 떼가 일렬로 이동하는 모습도 보였다. 록현은 하루 중에 이런 저녁 시간을 어릴 적부터 좋아했다. 학교를 마치고 집으로 돌아오던 그 골목길에서도, 마음먹고 구입한 CD를 공원 그네에 앉아 듣던 그때도 차분하게 혼자일 수 있었던 저녁 무렵이었으니까. 그렇게 한참을 서 있던 록현은 심호흡을 몇 차례 하고서는 다시금 카페 문을 열고 안으로 들어갔다.

평소보다 일찍 일을 마친 박 주방이 주방 문을 열고 밖으로 나왔다. 그는 두툼한 세면용 수건으로 이마의 땀을 닦으며 말을 걸어왔다.
"이 사장, 고기 큰 거 잡으면 내일 매운탕 끓여줄게."
"네, 기대할게요."
박 주방은 낚시 가방을 어깨에 메고 카페를 나섰다.

록현은 바닥을 문질러대던 대걸레를 내려놓고 의자에 걸터앉았다. 어제 잠을 충분히 못 잔 것이 온종일 힘들게 했지만, 오늘은 그래도 정리를 일찍 마쳤으니 단잠을 잘 수 있으리라. 외부 간판 등 스위치를 내리기 위해 자리에서 일어서려던 바로 그때였다. 딸랑-. 귓전으로 문이 열리는 소리가 들려왔다.

"영업 끝났습니다."

록현은 입구 쪽을 쳐다보지도 않고 외부 간판 등 스위치를 내렸다. 그리고 몸을 돌리다 깜짝 놀라 몸을 움츠렸다. 거짓말처럼 어제 외상을 했던 그 뻔뻔한 사내가 현관 입구에 서 있는 것이었다.

"…저 스파게티 하나만 부탁드립니다."

비만 안 내릴 뿐 어제와 다를 것 없는 상황이었다. 다만 한 가지 다른 점이 있다면 그건 하루 사이에 무슨 일이 일어났는지 왼팔에 깁스를 감고 있다는 것이었다. 록현은 사내를 향해 단호하게 얘기했다.

"못 들으셨어요? 영업 끝났습니다."

사내가 깁스한 팔을 힘겹게 들어 올렸다. 록현은 뭔가 싶어 잠시 움찔했다. 그러나 그것은 순간 겁을 먹은 이유와는 달리, 갑갑한 눈을 긁기 위한 행위였다.

"스파게티 한 그릇만 부탁드리겠습니다."

사내는 걸음을 옮겨 어제 앉았던 그 자리를 향해 걸어갔다.

"이거 보세요! 지금 뭐 하시는 거예요?"

그러나 사내는 그저 고개를 숙여 인사할 뿐이었다. 록현은 잠시 생각했다. '이록현, 휘둘리지 말고 여기 그대로 앉아있는 거야. 그래…

짙은 그리고 푸른

무시하는 거야.' 카페 안에 정적이 흐르며 서로 간의 팽팽한 기 싸움이 벌어지고 있었다. 얼마나 시간이 흘렀을까? 록현은 점점 눈꺼풀이 무거워지는 것을 느꼈다. 어쩌지? 심장이 방망이질 치고 있었다. 이렇게 계속 시간만 끌다간 괜히 귀가하는 시간만 늦어질 것 같았다. 결국, 록현은 한숨을 내쉬며 주방으로 들어갔다.

"고맙습니다."
스파게티를 받으며 행복한 표정을 짓는 사내는 정중하게 인사했다. 이 상황이 마음에 들지 않아 인사조차 무시하고 돌아서려는 그 순간이었다.
"저… 이것 좀 부탁드립니다."
고개를 돌리자 사내가 CD를 내밀었다. 내키진 않았지만 거절하면 조금 전의 상황처럼 정적의 시간만 흐를 것 같아 어쩔 수 없이 그것을 받아 들었다. 어제와 똑같은 음악이 흘러나왔고, 사내는 스파게티를 맛있게 먹고 있었다. 록현은 공책을 펼쳐 슥슥 연필로 뭔가를 적다가 슬쩍 남자에게 눈길을 돌렸다. 어제는 그렇다 쳐도, 오늘은 결코 우연이 아니다. 그렇다면 이 남자는 무슨 의도인 걸까. '심심해서?', '맛이 간?', '보기에는 멀쩡한데', '혹시 변태?' 한창 낙서를 써가고 있을 때, 그릇을 다 비운 사내가 계산대로 걸어오고 있었다. 록현은 황급히 노트를 덮고 그의 시선을 외면했다. 그러다 아무 인기척이 없기에 슬쩍 고개를 돌려보니 그는 오디오에서 CD를 빼내고 있었다.
"잘 먹었습니다."

CD를 챙긴 사내는 주머니를 뒤적거렸다.

"어제 팔천 원 외상 했죠?"

계산대 위로 천 원짜리 지폐 여덟 장이 놓였다. '아예 날강도는 아닌가 보네. 가만? 근데 이게 어제 값이었으면 오늘 값은?' 빤히 사내를 쳐다보자 그는 한숨을 내쉬었다.

"그리고… 있잖아요…."

"……?"

"오늘 먹은 건 내일 드릴게요."

방금 들은 말이 심히 의심되었다. 멍하니 있다가 고개를 들어보니 사내는 어느새 사라진 뒤였다. 또 당했다는 생각에 헛웃음이 나왔다.

"아오, 진짜! 이록현 답답해! 아오! 뭐야? 이거!!"

인상을 구긴 록현은 자신의 옆에 놓여있는 큼지막한 곰 인형 터프돌이에게 헤드록을 걸고 마구 두들겨 패기 시작했다.

03

또 하루가 지나고 다음 날 밤이 찾아왔다. 낮에는 드문드문 커피나 피자를 주문한 손님들 외에는 별일 없는 잔잔한 하루였다. 시계를 들여다본 록현은 왠지 오늘도 그가 올지 모른다는 생각이 들어 서둘러 자리에서 일어났다. 텅 빈 가게를 보고 어리둥절해 있을 사내의 모습을 상상하며 재빨리 실내등을 끄고는 서둘러 밖으로 나섰다. 나무 문을 잠그고 셔터를 내리는데 불현듯 누군가가 철컹하고 막아섰다.

"꺄악!"

깜짝 놀란 록현은 비명을 내질렀다. 언제 왔는지 그 사내는 셔터를 잡고 있었다.

"스파게티 먹을 수 있죠?"

놀란 가슴을 진정시키며 록현은 사내를 쏘아보았다. 그러나 사내는 태연스럽게 고개 숙여 인사했다. '정말 이 사람 뭐야?' 록현은 등줄기가 오싹해지는 것을 느꼈다. 그러거나 말거나 사내는 어느새 셔터를 위로 올리고 있었다.

"이거 보세요! 지금 뭐 하는 거예요?"

그런데 그 순간 중심을 잃은 듯 사내가 절뚝거렸다. 자세히 보니 사내는 한쪽 어깨에 목발을 짚고 서 있었다. 어이가 없었다. 뻔뻔하고 도무지 정체를 알 수 없는 이 사내는 볼 때마다 미스터리한 것이 한둘이 아니었다. 눈가에 팔에 이번엔 다리까지 매일 밤 다른 부위에 깁스하고 나타나다니.

"오늘은 완전히 영업 끝난 거 보이시죠?"

아직도 놀란 가슴이 진정되지 않은 채였다.

"부탁드립니다."

"…지금 제정신이세요?"

남자는 머리를 긁적였다.

"늦어서 죄송합니다."

"오늘은 그만 돌아가세요."

돌아서서 가려는 록현을 남자가 간절하게 붙잡아 세웠다.

"…배가 고파서 쓰러질 것 같습니다."

"뭐라고요?"

"진짭니다."

"이거 보세요. 지금….."

"장난하는 거 아닙니다."

사내는 말을 다 하기도 전에 재빠르게 말꼬리를 자르며 끼어들었다. 정말 보면 볼수록 적응이 안 됐다. 이런 별난 사람은 어딜 가야 볼 수 있을까?

가스레인지 앞에서 불을 켜던 록현은 생각할수록 어이가 없어서 한숨을 내쉬었다. 상한 자존심은 그렇다 쳐도 저 이해할 수 없는 캐릭터는 도무지 물러서는 법이 없잖은가? 냄비를 불 위에 올리던 록현의 머

릿속에 갑자기 한 생각이 스쳐 지나갔다. 기발한 생각이라도 짜낸 듯
이 록현은 눈을 빛냈다. 그리고는 아직 채 데워지지도 않은 냄비 불을
꺼버리고는 고무줄 같은 파스타면 위에 차가운 소스를 그대로 부어 버
렸다.

    스파게티는 그대로 사내 앞으로 배달되었다.
    "감사합니다."
    사내는 영문도 모른 채 포크를 들었다. 록현은 흔쾌히 CD를 받아 들
고는 계산대로 향했다. 사내가 스파게티를 맛본 후의 반응이 기대되었
다. 사내는 오물거리다가 입안에 퍼지는 식어 빠진 역한 맛에 '욱!'하
며 인상을 찌푸렸다. 오디오를 재생시키는 록현의 입가에 미소가 번
졌다. 몇 초가 지나고 궁금해서 사내를 흘끗 쳐다보았는데 그는 예상
과는 달리 음식을 맛있게 먹고 있었다. '아! 저 태연스러움과 뻔뻔함은
뭘까?' 음악이 은은하게 실내를 울리고 있었다.

    스파게티 그릇을 깨끗이 다 비운 사내가 계산대를 향해 걸어왔다.
록현은 목발을 짚고 절뚝이며 걸어오는 그에게 CD를 내밀었다. CD
를 받아 든 사내는 주머니를 뒤져 지폐를 건넸다.
    "시원한 게 아주 맛있네요. 이거 어제 음식값입니다."
    팔천 원이었다.
    "그리고 오늘 먹은 것은…."
    록현이 말을 잘랐다.

"내일 주실 건가요?"

록현을 잠시 바라보던 사내는 고개를 저었다.

"아뇨, 며칠 뒤에 드리겠습니다."

그가 몸을 돌려 걸음을 떼려는데 록현이 용기를 내어 목소리를 높였다.

"…저, 있죠?"

사내가 돌아보자 록현은 잠시 머뭇거렸다.

"저… 그냥 물어보는 건데요. 다음엔… 휠체어 타고 오실 건가요?"

순간 그의 눈빛이 흔들렸다.

"글쎄요… 근데 오늘은 쟤한테 화풀이하지 않으실 거죠?"

그는 얼굴로 한곳을 가리켰다. 고개를 돌려 보자 그곳에는 어제 실컷 두들겨 팬 곰 인형 터프돌이가 있었다. 순간 록현의 얼굴이 발그레해졌고 사내는 '딸랑' 종소리와 함께 밖으로 사라졌다.

04

　더위가 찾아오기 직전의 초여름은 비교적 서늘하고 기분 좋은 바람을 선사하고 있었다.

　"날씨 한번 좋다."

　박 주방이 카페 마당으로 걸어 나오며 기지개를 켰다. 푸릇푸릇한 분위기에 취해, 나름 새 단장을 해보겠다며 카페 담장에 페인트칠하던 록현은 잠시 일손을 멈추었다.

　"이 사장, 식사 준비됐어!"

　박 주방의 말에 록현은 붓을 내려놓고 쪼르르 그를 따라 들어갔다. 테이블에 스파게티 두 그릇이 놓여있자 록현은 눈을 동그랗게 떴다.

　"웬 스파게티예요?"

　맞은편 의자에 앉아 포크를 든 박 주방이 방긋 웃어 보였다.

　"좋아하지 않아?"

　"…제가요?"

　"밤에 나 퇴근하고 나면 혼자 스파게티 남은 거 다 먹어 치운 거 아냐? 며칠째 스파게티가 싹 비어있던데?"

　"…아 그거요?"

　박 주방의 말에 록현은 피식 웃어 보였다.

　"그럴 일이 있었어요."

"이런, 그러다 살찌면 어쩌려고 그래. 스트레스를 받으면 운동을 해야지. 그러다 우리 마누라처럼 어느 날 무궁화 꽃이 피었습니다 하고 돌아보면 그냥! 어휴….."

박 주방은 갑자기 양미간을 찌푸렸다. 록현은 그렇게 얘기하는 박 주방이 실은 아내를 얼마나 사랑하고 배려하는지를 잘 알고 있는 터였다.

"주방장님은 사모님에게 스트레스 많이 받게 하시나 보죠?"

"나? 아니야."

곧바로 정색해 보이던 박 주방은 한숨을 쉬었다.

"내가 얼마나 잘하는데."

"그런데 왜 한숨을 쉬세요?"

"이 사장은 아직 결혼도 안 했고, 남자가 아니어서 몰라. 코뿔소 같은 마누라하고 사는 게 얼마나 무서운지."

록현은 스파게티를 호르륵 빨아들이다가 '쿱'하고 웃음을 터뜨렸다. 그 반응을 보던 박 주방은 멋쩍은 듯 생수를 벌컥벌컥 들이켰다.

카페에 밤이 찾아왔다. 록현은 창문을 열고 먼발치의 가로등 불빛을 바라보았다. 가로등 주변을 에워싼 나뭇잎들 때문일까? 불빛이 오늘따라 작고 초라해 보였다. 록현은 바람에 실린 짙은 나무 향을 맡으며 문득 콧노래를 중얼거리기 시작했다. 멜로디도 제목도 알 수 없는 그런 곡이었다. 생각해보니 노래를 안 불러본 지 얼마나 됐는지조차 기억나질 않았다. 록현은 한숨을 쉬며 창문을 닫았다. 오늘따라 스산한 날씨 탓에 감정이 갈피를 못 잡고 제멋대로인 것 같아 조금은 우울

했다. 그래서 그럴까? 민트색의 의자 위에 다소곳이 앉아있는 회색 곰 인형 터프돌이도 의기소침해 보였다. 듬직해 보일 것 같아 십여 일 전쯤 터프돌이의 양쪽 귀 옆으로 진하게 그려 넣은 구레나룻이 왠지 어색해 보였다. '왜 녀석의 까만 눈동자가 오늘따라 힘이 없어 보이는 걸까?' 이럴 땐 자신을 위해서도 녀석을 위해서도 장난을 걸어야 했다.

"야! 스파게티 먹고 싶냐? 엉? 짜샤, 내가 까짓것 한 그릇 쏠게. 가만, 아니다. 너 배를 보니 다이어트 좀 해야겠다."

터프돌이의 두툼한 배를 쓰다듬던 록현의 입에서 생각지도 못한 말이 튀어나왔다.

"안 오려나 보네? 잘됐다, 그치? 짜식. 또 오면 혼내주려고 그랬는데….."

카페 불을 끄고 밖으로 나온 록현은 셔터를 내리고는 하늘을 올려다 보았다. 환한 달빛은 생기가 있어 보였고 파도 소리 비슷한 바람이 나뭇가지 사이를 헤집고 다녔다. 그녀는 잠시 입구 쪽을 바라보다가 몸을 돌려 자신의 승용차로 향했다.

05

    여름이 시작되고 있었다. 따가운 햇볕과 습한 비가 하루에도 몇 차례나 교대하면서 봄의 끝자락을 차츰차츰 밀어내더니 어느새 더위가 성큼 다가왔다. 카페 담장을 녹색 페인트로 색칠하던 록현은 이마의 땀을 닦아내며 페인트 붓을 내려놓았다. 이제 거의 페인트칠은 마무리되어가고 있었다. 일찍 시작했으나 중간중간 비가 방해한 탓에 작업이 생각보다 오래 지체되었다.

    "이 사장, 이거 미안해서 어쩌지?"

    옆에 쪼그려 앉아있던 박 주방이 침울한 표정을 지어 보였다. 평소 무릎관절 통증으로 고생하던 아내의 수술 일정이 잡힌 것이었다. 보름 동안 카페 주방을 비워야 하는 그에겐 혼자 일해야 하는 록현이 걱정되기도 하고 미안하기도 했다.

    "여기 신경 쓰지 마시고 어서 병원에 가보세요."

    머리를 긁적이던 박 주방은 그런 그녀의 선심에 고마움을 느꼈다.

    "에이, 요새처럼 손님 많을 때, 하필….."

    "걱정하지 마세요. 간단한 건 저도 할 줄 아니까. 모르면 레시피 보면 되죠, 뭐."

    "…정말 잘할 수 있겠어?"

"아무렴 이 주를 못 버티겠어요? 사모님 수술 잘되길 빌게요."

록현은 힘차게 자리에서 일어섰다.

"자, 그럼 주방에 있는 재료들 좀 확인해 봐야겠네요."

그렇게 박 주방은 병원으로 향했다. 당분간은 주방까지 담당해야 했지만, 당장은 걱정하지 않기로 마음먹었다. 오픈 초반엔 주방 일까지 해내지 않았던가.

그렇게 하루가 지나고 또 하루가 지나가고 있었다. 록현은 주방 벽에 붙여놓은 박 주방의 메모를 들여다보며 주문을 소화해내느라 정신 없는 시간을 보내고 있었다. 그런데 하필 박 주방이 자리를 비운 때에 손님이 유난히도 많이 찾아왔다. 저녁 시간에는 거짓말처럼 주문이 밀려들기 시작했다.

"여기 계산이요!"

"사장님, 메뉴판 좀 주실래요?"

록현은 다급하게 나가려다가 깜짝 놀랐다. 냄비에서 수프가 끓어 넘치고 있었다. 불을 얼른 줄이자, 이번엔 달걀프라이가 연기를 뿜어대며 말썽이었다.

"계산 안 할 거예요!"

허둥거리던 록현은 머릿속이 하얘지는 것만 같았다.

"네, 잠깐만요."

정신 줄을 붙잡으며 간신히 요리를 수습한 록현은 허겁지겁 밖으로 뛰쳐나갔다.

　그렇게 나흘이 지나가고 있었다. 힘이 빠진 록현은 계산대에 축 처진 채 앉아있었다. 박 주방의 빈자리가 너무 컸다. 이대로는 안 되겠다 싶어 낮에 단기 아르바이트 홀 서빙 구인 광고를 인터넷에 올렸지만, 워낙 짧은 기간인데다 교통이 불편한 지역이라 마땅한 사람이 구해질지는 알 수 없었다. 카페 초입과 문 앞에 붙여놓은 전단을 보고 행여 누군가 관심을 가져준다면 모를까 어쨌든 임시 아르바이트 직원이 구해질 때까지는 이렇게 힘든 상황이 반복될 게 뻔했다. 딸랑거리는 문소리가 들려왔지만 한숨만 새어 나왔다.
　"어서 오세요…."
　힘없이 고개를 돌려 문을 바라보던 록현의 두 눈이 휘둥그레졌다. 생각지도 못하게 밤마다 찾아와 스파게티를 주문하던 그 뻔뻔스러운 사내가 눈앞에 서 있는 것이었다. 그것도 카페 문 앞에 붙여놓았던 구인 전단을 들고서.
　"사실 더 빨리 오려고 했는데 일이 있어서 좀 늦었습니다."
　말을 마친 사내는 큰 숨을 들이마시더니 목소리를 높였다.
　"안녕하세요? 저는 아르바이트하려고 온 김현성이라고 합니다."
　록현은 사내를 멍하니 바라보았다.

　"…지금 농담하세요?"
　록현은 두 귀를 의심했다. 그러니까 지금 마주 앉아있는 김현성이라는 이 사람이 본인을 홀 서빙이 아닌 주방으로 써달라는 이야기였다. 현성은 진지했다.

"정말입니다. 홀 서빙도 할 수는 있지만, 요리에 정말 자신 있습니다. 이래 봬도 제가 군대 있을 때 수석주방장이었습니다."

록현은 뭐라 답을 해야 할지 몰라 머뭇거렸다. 현성은 그걸 눈치챘는지 잠시 숨을 고르고는 입을 뗐다.

"저, 이런 곳에선 어울리지 않는 요리지만 사실 폴란드 전통 고기절임이랑 몽골 부추잡채도 마스터했습니다."

'지금 뭐라는 거지?' 록현은 혼란스러움을 느꼈다. 그러나 대답은 다르게 튀어나왔다.

"정말요?"

현성은 록현의 요구대로 요리하기 시작했다. 현성을 주방으로 데리고 들어온 록현은 무표정한 얼굴로 현성이 만들어가는 요리를 지켜보았다. 기름도 능숙하게 붓고 각종 채소를 순서대로 볶는 폼을 봐서는 제법 그럴싸해 보였다. 손놀림을 지켜보던 록현은 이 남자가 단순히 허풍을 떠는 것이 아니라는 생각이 들기 시작했다. 솔직히 박 주방과 비교해서도 전혀 손색없는 손놀림이었다. 어쨌거나 이제 남은 것은 음식의 맛에 대한 평가뿐이었다.

현성은 홀 테이블에 김이 모락모락 피어오르는 음식 그릇을 내려놓았다. 예쁘게 플레이팅 되어있는 음식은 정말 먹음직스럽게 보였다.

솔직히 손님 테이블에 당장 내놓아도 손색이 없는 비주얼이었다. 과연 어떤 맛일까? 록현은 포크로 조심스럽게 음식을 콕 찍어 그 맛을 천천히 음미해보았다. 그런 록현을 지켜보는 현성의 표정에는 긴장감이 역력했다. 그리고 몇 초 후, '욱'하고 올라오는 역겨운 맛에 록현은 그만 입을 틀어막고 재빨리 화장실을 향해 뛰어갔다. '이상하다?' 혼자 남겨진 현성은 의아스러운 표정으로 포크를 집어 들고 자신이 만든 요리를 입에 넣고 맛을 보았다. 일순 표정이 일그러지면서 다급하게 물 잔을 들고 벌컥벌컥 들이키던 현성은 난감한 얼굴이 되고 말았다.

"폴란드 고기절임? 몽골 부추잡채요?"
마주 앉은 둘의 얼굴은 진지하고 심각했다. 현성은 멋쩍게 머리를 긁적였다.
"소스 만드는 법이 헷갈렸습니다. 그런데요….."
"그런데 뭐요?"
"사실 제가 라면 하나만큼은 기가 막히게 끓입니다. 드셔보시겠습니까?"
순간 록현은 할 말이 전혀 생각나질 않았다. '이 남자 혹시 정신이 어떻게 된 거 아냐?' 생각이 복잡해진 록현이 머리를 움켜쥐는데 현성은 어느새 주방으로 달려 들어가고 있었다.

06

　지중해 카페 입구에 세워진 작고 기다란 칠판에 백묵으로 진하게 써진 문구가 보였다. '스페셜 라면 개시' 현성이 개발한 스페셜 라면은 의외로 인기가 좋았다. 어떻게 알고 찾아왔는지 손님들은 약속이나 한 듯이 스페셜 라면을 주문했다. 국물에 들어간 재료가 어떤 것인지를 궁금해하는 사람들이 더러 있었지만, 현성은 국물 비법은 절대 밝힐 수 없다고 했다. 겉보기에는 그냥 파 뿌리에 무와 청양고추를 넣고 얼큰하게 끓인 라면인데, 손님들은 만족한 얼굴로 힐링 라면이라고 극찬을 아끼지 않았다. 어쨌든 라면은 날개가 돋친 듯이 팔려나갔고 예상외로 인기 메뉴가 되었다.

　점심때가 지나고 브레이크 타임 동안, 록현은 낡은 벽 위주로 페인트를 칠했다. 붓질을 하던 록현은 카페 뒤뜰에 나와 깨끗하게 삶은 행주를 빨랫줄에 널고 있는 현성을 흘끗 쳐다보았다. 결국, 그를 채용하기로 했지만 그것이 라면 때문이었다는 점이 어이없기도 했다. 하지만 그럼 어떤가? 걱정과는 반대로 장사는 잘되고 있으니 다행 아닌가? 현성은 자신을 쳐다보는 시선을 느끼지 못한 듯 혼자 체조 동작 비슷한 몸짓을 해대더니 갑자기 실내로 뛰어 들어갔다.

　록현은 한숨을 쉬며 다시 페인트 붓을 집어 들었다. 그런데 갑자기 현성이 다시금 빈 의자를 들고 나타났다. 그것은 평소 터프돌이를 앉혀놓았던 민트색의 의자였다. 가문비나무로 만든 의자는 지중해 카페를 시작할 때 록현의 조카가 주인장 의자로 사용하라며 선물로 준 것이었다.

"이모, 알아? 이 가문비나무는 재질이 좋아서 고급 피아노의 향판으로도 쓰인대. 숲을 이루며 자라는 특성이 있어서 외로울 시간 없이 돈 많이 벌라는 의미로 선물하는 거야."

그러나 앉을 때마다 의자의 구조가 어딘지 모르게 불편해서 대신 터프돌이의 전용석으로 내주었다. 그때 터프돌이를 의자에 앉히면서 록현은 이렇게 얘기했었다.

"야, 인제부터 네가 주인행세 해라. 밤에 가게도 잘 지키고 혹시나 내가 이 가게 그만두면 그땐 너도 그 자리에서 내려오는 거야. 새 주인한테 자리를 내주어야 너도 잘 보일 거 아냐, 짜샤! 알았지?"

현성은 가문비나무 의자를 적당한 위치에 내려놓고는 다시 카페 뒷문 주방으로 뛰어 들어갔다. 록현은 의아한 표정으로 고개를 갸웃해 보였다.

'뭐 하는 거지?'

다음 순간이었다. 현성이 이번에는 물기가 뚝뚝 흘러내리는 곰 인형 터프돌이를 들고 나타났다. 순간 록현은 자신의 두 눈을 의심했다. 그도 그럴 것이 원래 회색빛이었던 터프돌이의 몸이 거짓말처럼 새하얗게 변해있었기 때문이었다. 현성은 의자 위에 방금 세탁을 마친 터프돌이를 다소곳하게 앉히고 있었다. 손에 페인트 붓을 들고 달려온 록현이 흥분해서 목소리를 높였다.

"이거 보세요! 김현성 씨! 얘가 왜 이렇게 됐어요?"

현성이 깜짝 놀라 고개를 돌렸다.

"아니, 우리 터프돌이가 어떻게 된 거냐고요!"

록현의 목소리는 떨리고 있었다. 지금 눈앞에 놓여있는 곰 인형은 자신이 애지중지하던 터프돌이가 아니라 낯선 하얀 눈사람이었다. 게다가 자신이 정성껏 그려놓은 구레나룻도 흔적조차 없이 사라진 상태였다

"아, 얘 이름이 터프돌이였어요? 어쩐지 구레나룻이 짙은 게 터프해 보인다 했더니…"

"김현성 씨!! 어서 대답 못 해요?"

"저… 그게 어떻게 된 거냐면…요?"

현성은 호흡을 가다듬고 양미간을 좁혔다.

"빨리 말해봐요! 얘한테 도대체 무슨 짓을 했냐고요!"

록현의 흥분은 가라앉을 기미가 보이지 않았다. 현성은 죄인처럼 머리를 긁적이며 록현의 눈을 피해 차근차근 설명을 시작했다.

"제가 이왕 빨래하는 김에 얘 좀 깨끗이 씻겨주려고 락스를 푼다는 게 그게 양이 좀 과했던 모양입니다. 생각지도 못하게 이렇게 변해버렸지 뭡니까? 근데 막상 원래 텁텁했던 털 색깔이 빠지고 이렇게 하얗게 탈색되고 보니까 뭐랄까요? 눈부신 게… 솔직히 전 이게 더 낫다 싶은데… 아닌가요?"

록현은 하늘이 노랗게 변해가는 걸 느꼈다. '뭐라고? 이게 더 낫다고? 이 사람 지금 제정신이야?' 록현은 눈빛을 빛내며 현성에게 쏘아붙였다.

"아무튼 책임지세요. 우리 터프돌이 원래대로 돌려놓으라고요!"

순간 현성의 동공이 확대되었다.

"사장님, 지금 진심이십니까?"

"김현성 씨!! 귀먹었어요? 원래랑 똑같이 돌려놓으라니까요!"

록현은 순간 아차 싶었다. 저 상태를 되돌려 놓으라는 건 어린아이가 떼쓰는 것처럼 완전 억지가 아닌가. 자신도 모르게 뻔뻔한 현성의 말투에 바보처럼 흥분했다는 것이 느껴졌다. 아, 그러나 이미 내뱉은 말이 되고 말았다. 현성은 잠시 생각하더니 록현을 보며 또박또박 힘주어 말했다.

"네, 원하시면 그러겠습니다. 원래대로 아주 텁텁하고 답답한 털 색 그대로 돌려놓겠습니다. 인체에 무해한 친환경 회사의 정품 아쿠아락쥐색 래커로 칙칙칙! 꼭 그러겠습니다."

록현은 어이가 없었다. '뭐라 그런 거야? 뭐? 텁텁하고 답답한 털 색이라고? 거기다가 터프돌이한테 래커를 뿌려댄다고?' 록현은 잠시나마 미안하다고 생각했던 걸 취소하기로 했다.

"미쳤어요!! 지금? 래커 그딴 거 뿌려댄다고 해결될 일이에요? 이게?"

현성은 기세에 눌려 어떻게 해야 할지 당황한 기색이 역력했다.

"죄송합니다. 그럼 어떡할까요? 제가 새 걸로 사다 놓을까요?"

"됐거든요!! 새 걸 산다고 얘랑 같은 애가 되는 건 아니잖아요."

잠시 머뭇거리던 현성이 말을 이어갔다.

"그럼 이참에 아예 천연 재료로다가 염색을 하면…. 예를 들어 비트나 가지 이딴 걸로 하면 색상이 비슷하게 나올 것도 같은데…."

록현은 어이가 없었다.

"얘가 무슨 실험 도구인가요?"

현성은 뭐라 얘길 해야 할지 난감한 표정이 되었다. 록현은 흥분을 가라앉히고 차분한 목소리로 입을 뗐다.

"아, 됐고요. 속상하지만 어쩌겠어요. 보아하니 되돌릴 수도 없을 만큼 색이 다 빠져버렸는데…. 어쨌든 앞으론 제가 시키지 않은 일은 절대 하지 말아주실래요?"

대답 대신 고개를 숙인 현성의 모습을 보자 록현은 왠지 자신이 너무 심하게 하는 건 아닌지 생각 들었다. 하지만 지금은 그러고 싶었다. 하얗게 변해서 저렇게 물기를 뚝뚝 흘리며 시무룩하게 앉아있는 터프돌이를 위해서도 말이었다.

"이제부터는 카페 물건에 함부로 손대지 말고 주방일이나 신경 써주셨으면 해요."

록현은 고개 숙여 인사하는 현성을 외면하며 시선을 돌렸다.

"제 얘기 끝났으니까 그만 들어가 보세요."

현성이 침울한 표정으로 몸을 돌리자 록현이 현성을 불러 세웠다.

"근데… 있잖아요?"

현성이 고개를 돌려 록현을 바라보았다.

"조금 전에 얘기한 그 뭐죠? 친환경 이름 복잡한 제품 말이에요? 그딴 래커가 진짜 있긴 있어요? 그냥 아무거나 갖다 붙인 거죠?"

현성이 잠시 하늘을 올려다보다가 록현을 보고는 진지한 표정으로 대답했다.

"전 거짓말 안 합니다."

말을 마친 현성은 주방으로 통하는 카페 뒷문으로 성큼성큼 걸어 들어갔다.

록현은 기지개를 켜며 살짝 달아오른 공기를 느꼈다. 카페 안에 라면 냄새가 가득 배어있는 밤이었다. 낮에 있었던 일로 인해 록현과 현성은 저녁 내내 한마디도 나누지 않았다. 록현은 하얀 눈사람 같은 터프돌이를 바라보면서 정말 흰색으로 변하고 나니 예전보다 더 나은 것도 같다고 생각했다. 그때, 현성이 공구 상자를 들고 화장실에서 나왔다. 인기척을 느낀 록현이 그를 향해 몸을 돌렸다.

"고쳤어요?"

"네, 이제 물은 안 샐 겁니다."

마치 서로가 오늘 첫 대화를 주고받은 느낌이었다. 공구 상자를 계산대 아래쪽에 밀어 넣고 있는 현성을 보자 괜히 미안한 마음이 들었다.

"고마워요. 사람 불러도 됐는데… 괜히 고생했네요."

"제가 좀만 손보면 되는데 뭐 하러 사람 불러요."

록현은 뭔가 다른 화제를 건네야 할 것 같은 기분이 들었다.

"출출하면 스파게티 하나 해드릴까요?"

그러나 현성은 고개를 저었다.

"지금은 생각 없습니다."

'뭐지? 사람 민망하게?' 현성은 갑자기 손가락을 퉁기며 록현을 바라보았다.

"그냥 맥주나 사주실래요? 시간 외 근무했다 치고 한 병쯤 괜찮지 않나요?"

현성의 말에 록현은 동의하듯 고개를 끄덕여 보였다.

"그럼 현성 씨는 맥주 한잔하세요. 전 그냥 콜라나 마실게요."

"제가 가져오겠습니다."

몸을 일으킨 현성이 재빨리 냉장고로 달려가 작은 맥주 한 병과 콜라 캔 하나를 집어 들었다.

록현에게 건배하는 포즈를 취해 보이던 현성은 병맥주를 벌컥벌컥 들이켰다. 록현도 콜라 캔을 따고 한 모금 마셔보았다. 시원한 콜라가 목젖을 넘어가며 짜릿하게 전해져왔다. 서로가 홀짝거리는 소리 외엔 실내가 마치 바닷속처럼 조용했다. 그렇게 한참이나 둘 사이에 정적이 흐르자 록현이 어색함을 없애기 위해 말을 하려고 입을 떼려던 그 순간이었다. 현성도 동시에 무슨 말인가를 내뱉었다.

"……!"

"먼저 하세요."

"아뇨, 현성 씨가 먼저 하세요."

록현은 괜히 옷에 묻은 보풀을 떼어내는 시늉을 해 보였다.

"딴 게 아니고 사장님 이름이 어떻게 되는지 궁금해서요?"

"어머? 제가 여태껏 얘기 안 했군요? 전 록현이에요, 이록현."

현성은 고개를 갸웃해 보였다.

"록현? 한자는요?"

"…사슴 록에 어질 현요."

현성은 진지하게 뭔가를 생각하는 듯이 양미간을 좁혔다.

"왜요?"

"아뇨. 이름 뜻을 생각했습니다. 어진 사슴이라… 근데 누가 이름을 지어주셨나요? 좀 특이하네요."

"아빠가요."

고개를 끄덕여 보이던 현성은 갑자기 록현에게 고갯짓을 해 보였다. 록현은 의아한 얼굴로 현성을 바라보았다.

"네?"

"아, 조금 전에 저한테 무슨 얘긴가 하려고 했잖아요."

록현은 피식 웃어 보였다.

"별건 아니고 그 음악 있죠? 현성 씨가 CD 가지고 다니는."

"네?"

현성은 뜬금없다는 표정을 지어 보였다.

"그냥 무슨 사연이라도 있나 해서요."

현성은 잠시 고개를 숙이다가 무덤덤하게 대답했다.

"아뇨, 그냥 좋아서 듣는 건데요. 그 곡 이상합니까?"

"아니요."

록현은 현성의 시선을 의식하며 콜라 한 모금을 마셨다. 그런 록현을 바라보던 현성은 나직하게 중얼거렸다.

"저 원래 그래요. 뭐든 필 꽂히면 그거 하나에 빠지는 스타일."

"그렇다면 저녁마다 스파게티 먹는 것도 필 꽂힌 거예요?"

"그건 평소에 면을 좋아하다 보니까 아무 생각 없이 먹는 건데요?"

현성이 대답하자 어깨를 으쓱해 보인 록현은 놀리듯이 말했다.

"뭐든 좋아하면 거의 스토커 수준인가 보네요."

현성에게서 아무 반응이 없자 록현은 덧붙였다.

"…여자 친구가 많이 피곤하겠어요."

"여자 친구 없습니다."

곧바로 단호한 대답이 들려왔다.

"언젠가는 생길 거잖아요."

록현은 문득 벽시계를 쳐다봤다. 11시 30분이 넘어가고 있었다.

"그만 정리하고 문 닫아야겠네요."

록현의 말에 현성은 맥주를 다 비우며 몸을 일으켰다. 그때 딸랑-. 하고 바람이 문에 매달린 은색 종을 흔들었다. 록현은 바람 소리를 들으며 전처럼 외롭지도, 적적하지도 않은 자신을 발견하고는 이상한 기분이 들었다. 항상 혼자 남겨진 공간에 누군가와 같이 있다는 것이 신기하기까지 했다.

"그럼 내일 뵙겠습니다."

카페 문을 단단히 걸어 잠그며 현성은 록현에게 인사했다.

"수고하셨어요. 근데 집이 어디세요? 가까우면 가는 길에 내려다 드릴까요?”

　록현은 별로 내키지는 않았지만 늦은 시간이라 예의상 물어보았다.

　“전 신경 쓰지 마시고 들어가세요. 그리고 전 여자분이 운전하는 차 안 탑니다.”

　백에서 차 키를 꺼내던 록현은 무슨 소린가 싶어 현성을 쳐다보았다.

　“납치될까 봐 좀 불안하거든요.”

　‘어머? 이 사람 뭐라는 거니?’ 록현이 어이없어하는 것을 눈치챈 현성은 빙긋 웃어 보였다.

　“농담입니다. 걸어 다니는 걸 워낙 좋아해서요. 그럼 조심히 가세요.”

　차로 걸어가 문득 뒤를 돌아보니 현성은 어둠 속에 이미 희미하게 멀어져가고 있었다.

07

  현성이 비 오는 날 처음 지중해를 찾아왔을 땐 상상도 못 한 일이었
지만 록현은 전에 없이 마음이 편안해지는 것을 느꼈다. 왜 그런지는
몰라도 가슴 한곳이 따스해져 오는 것은 부인할 수 없는 사실이었다.
생각해보았다. 그가 있어서일까? 정확히 표현하기 힘들었지만, 이전
에는 경험하지 못했던 느낌을 현성이 제공해주고 있는 것은 확실했다.
예상하지 못한 그의 돌발적인 행동에도 점차 적응해갔으니까. 한 예
로 언젠가 현성은 주먹 크기만 한 파란 마사지 볼을 가지고 와서는, 브
레이크 타임에 갑자기 볼링을 하자고 제안했다. 테이블 사이로 공간을
만들고는 빈 캔들을 세워놓고 마사지 볼을 굴려 어설프게나마 볼링을
하고 있자니 기분이 묘해졌다. 뜬금없다고 생각했으면서도 웃고 있었
기 때문이었다. 그것도 어린아이처럼 좋아하면서. 록현은 그때 하마터
면 눈물이 날 뻔했다. 이제껏 그렇게 웃어본 적이 없어서가 아니라 자
신이 현성을 보며 그렇게 웃을 수 있다는 것이 믿기지 않아서였다. 담
벼락 페인트칠을 도와주겠다며 진지하게 낙서 같은 그림을 그려 넣었
던 현성의 모습도 뇌리에 각인 되었던 순간이다. 그중에서도 제일 기
억에 남는 것은 현성이 새로 사 온 큼지막한 회색 티셔츠를 터프돌이
에게 입히고는 셋이 나란히 사진을 찍었을 때였다. 그때 비로소 터프
돌이는 이전의 모습을 되찾은 느낌이 들었다. 얼굴만 마스크 팩을 한

듯 말끔한 모습이었으니 말이다.

"약속대로 벌써 열흘이 지났네요. 금액은 적지만 감사했어요."

맞은편에 앉은 현성은 봉투를 받아 들었다.

"…그동안 불편한 점도 많았겠지만 이해해주시리라 믿어요."

현성은 묵묵히 봉투 속의 돈을 세고 있었다.

"저, 계산이 잘못된 거 같은데요?"

"네?"

록현이 의아한 표정으로 현성을 쳐다보았다.

"전 정확하게 마무리 짓고 싶습니다."

현성은 심각한 표정이었다.

"처음에 제가 제시한 금액인데 아닌가요?"

록현은 고개를 갸웃해 보였다.

"제가 계산해드리죠."

현성은 헛기침을 했다.

"여기서 일하면서 제가 주방에서 깨먹은 접시가 총 세 장입니다. 그 접시 고가인 걸로 알고 있는데… 그리고 빨래 삶다가 주방 옷 한 벌을 날려먹었고요."

천장을 올려다보며 열심히 계산하던 현성은 다시 록현을 바라보았다.

"그리고 점심과 저녁 두 끼만 주신다고 했는데, 제가 간식을… 정확히 다섯 번 먹었습니다. 그러니까 접시를 한 장당 5만 원씩 잡으면 세 장이니까 15만 원, 옷을 3만 원 잡고…. 에이, 너무 적은가?"

짙은 그리고 푸른

점점 제멋대로 계산해가는 현성이었다.

"아, 5만 원. 그리고 간식비 5만 원 잡고… 합치면 총….”

본인의 방식대로 열심히 계산하던 현성은 탁하고 무릎을 쳤다.

"가만! 저 지난번 스파게티 외상 했었는데. 아직 안 줬죠? 그게 8천 원인데 시간이 좀 지났으니까 재룟값을 감안해서 이자를 5천 원으로 치면?”

"현성 씨 지금 뭐 하세요?”

황당했지만 현성의 진지한 태도에 록현은 더 이상 아무 말도 할 수가 없었다. 현성은 봉투에서 몇 장의 만 원권만 꺼내고는 다시 록현 앞에 내밀었다. 록현은 깜짝 놀랐다.

"…지금 저 데리고 장난하시는 거예요?”

심각한 표정의 현성이 대답했다.

"장난이라뇨. 집 가는 택시비만 달랑 건진 사람이 지금 장난칠 기분이겠습니까?”

현성은 자리에서 벌떡 일어나 꾸벅 인사를 하고는 황급히 카페를 나섰다.

"어? 이봐요! 현성 씨!”

딸랑-. 현성이 사라진 문에서 은색 종이 흔들리고 있었다. 록현은 손에 들린 봉투를 그저 멍한 표정으로 바라볼 뿐이었다.

박 주방이 마침내 지중해 주방으로 돌아왔다. 이제야 일상을 되찾은 느낌이었지만 마음속은 이상하리만치 공허했다. 자신도 모르게 간간이 엄지손톱을 물어뜯는, 전에 없던 버릇도 생겨났다.

　잔잔하고 평화로운 날들이 지나가고 있었다. 정원 곳곳에 피어난 야생화들을 구경하던 록현은 문득 카페 담장을 바라보며 걸음을 멈추었다. 그곳엔 우스꽝스럽게 그려진 현성의 페인트 그림이 자리하고 있었다. 그때는 몰랐는데 어찌 보니 나름 색 배합이 강렬하면서도 제법 눈길을 사로잡는 매력이 있는 것도 같았다.

　그렇게 시간이 흘러갔고 어느 사이엔가 바람의 온도가 바뀌어가며 여름이 슬슬 떠날 채비를 하고 있었다.

08

뜬구름같이 멍했던 하루가 지나고, 밤이 되자 박 주방도 퇴근했다. 록현은 계산대에 앉아 커피를 홀짝이며 책을 읽고 있었다. 내일은 지중해의 정기 휴일이어서 그런지 마음이 한결 가벼웠다. 록현은 페이지를 넘기며 책에 집중했다.

사실 일주일 전부터 다시금 습관을 되찾은 독서였다. 그러나 예전처럼 쉽게 집중하지 못해 넘긴 페이지를 되돌려 읽는 일이 수차례나 반복됐다. 손님이 끊긴 밤이면 차를 마시면서 퇴근 때까지 그냥 하릴없이 창밖을 본다거나 잡생각에 사로잡혀있던 록현은 일주일 전에 문득 다짐하게 되었다.

'그래. 하루 한 시간씩 이 시간에 독서를 하는 거야. 잡생각도 없앨 겸 말이지. 집에서 책 펴들면 그냥 잠들 게 뻔하니까 일단 한 시간만이라도 습관으로 들여보는 거야. 솔직히 예전엔 책 읽는 거 엄청 좋아했잖아?'

하지만 생각처럼 독서가 쉬운 일은 아니었다. 어떤 때는 자신도 모르는 사이—활자에 시선이 고정된 채—다른 생각을 하고 있기가 일쑤였다. 오늘 밤도 그런 날에 속했다. 집중이 되질 않고 자꾸 창을 두드리는 바람 소리에 정신을 빼앗기고 있었다.

'이록현, 정신 차리자. 산만하게 왜 이러니?' 고개를 몇 차례나 세차게 흔들고는 다시 책에 집중할 그때였다. 딸랑-. 하고 문소리가 들렸다. 바람 소리인가 하면서 무의식적으로 고개를 돌려보던 록현은 순간 굳은 듯 미동도 없이 문 쪽에 시선이 고정되었다. 거짓말처럼 현관에 현성이 서 있었다. 록현은 지금 환시를 보는 것인가 의심스러워서 눈을 비벼 보았다. 다시 만난 현성은 단정한 헤어스타일에 말쑥한 네이비색 슈트를 입고 있었기 때문이다.

"안녕하세요?"

부드러운 현성의 목소리가 실내에 울려 퍼졌다.

"잘 지냈어요?"

다시금 현성의 목소리가 귓전을 파고들었다. 록현은 너무도 놀란 나머지 딸꾹질이 나왔다. 현성은 빙긋 미소 지으며 창가 자리로 걸어가 앉았다. 어떤 행동을 취해야 할지 잠시 망설여지기 시작했다. 읽고 있던 책을 아무렇게나 내려놓고는 흐트러진 머리카락을 재빠르게 손으로 쓸어 넘겼다. 그런데 정적을 깨고 다시금 딸꾹질이 새어 나오는 것이었다. 록현은 당황한 얼굴로 눈앞에 놓인 미지근한 커피를 단숨에 비웠다.

"안녕하세요?"

록현은 현성의 맞은편 의자에 앉으며 어색한 미소를 지어 보였다.

"…네."

현성이 차분한 목소리로 답했다. 록현은 어린아이처럼 손가락을 만지작거리며 소리 없는 숨을 들이마셨다.

짙은 그리고 푸른

"근데 갑자기 이 시간에 웬일로? …혹시 스파게티?"

"아뇨. 저 지금 배부릅니다."

록현은 눈을 동그랗게 뜨고 현성을 바라보았다. 말끔한 현성의 모습은 낯선 이방인처럼 느껴졌다. 잠시 침묵이 흐르고 현성이 무슨 말인가를 하려고 잠시 눈을 감았다. 그런 현성을 보고 있던 록현은 시선을 마땅히 둘 데가 없어 창밖으로 고개를 돌렸다. 그런데 한 번도 보지 못했던 붉은색 스포츠카가 뜰 앞에 세워져 있었다. 고개를 갸웃해 보이던 록현은 의아스러운 표정으로 목소리를 높였다.

"아니? 저 차가 어디서 나타난 거지? 화단 곁에 저렇게 세워놓으면 안 되는데…."

순간 현성이 눈을 번쩍 뜨고는 손을 들어 보였다. 그의 손가락에는 번쩍이는 은색 차 키가 매달려있었다. 당황한 록현은 낮은 헛기침을 했다. '이상하다? 이 사람 아르바이트할 때는 자전거도 없었는데?' 현성은 잠시 숨을 고르다가 천천히 입을 뗐다.

"이제 여기서 일하지 않으니까 굳이 사장님이라고 안 불러도 되겠죠?"

'어머? 이 사람 그사이에 좀 건방져졌나 봐.' 록현은 마음과는 달리 어색하게 미소 지으며 고개를 끄덕여 보였다.

"편한 대로 하세요."

"제가 건방 떠는 게 아니라 솔직히 록현이라는 예쁜 이름이 아까워서요."

록현은 지금 이 남자가 자신을 띄우는 건지 깔아뭉개는 건지 분간할 수가 없었다.

"내일 쉬는 날이죠? 록현 씨?"

록현은 사장님, 사장님 하면서 자신에게 깍듯이 대하던 그의 모습을 떠올렸다. '아무튼, 지금 중요한 건 호칭이 아니니까 뭔 소릴 하는지 들어보지 뭐.' 록현은 무표정한 얼굴로 현성을 응시했다.

"네. 내일 정기 휴일이라 가게 안 여는데, 왜요?"

현성은 고개를 끄덕여 보이더니 잠시 멍한 표정으로 허공을 응시했다. 록현은 현성이 지금 그걸 왜 묻는지 의아했다. 현성의 눈가에 자리한 실주름이 전에 볼 때보다 조금은 짙어진 것 같았다. 록현은 순간 현성이 자신보다 서너 살 정도가 많다는 것을 인지했다. 언젠가 나누었던 대화가 떠올랐기 때문이다.

'그래, 맞아. 그때 신촌에서 나름 맛집으로 유명했던 경양식집을 얘기할 때였어. 내가 그 집주인이 총각이었다고 했더니 현성 씨는 주인이 아줌마였다고 우겼었지. 알고 보니 엄마에서 아들로 주인이 바뀐 경양식 집이었잖아….'

머릿속에는 그날의 대화가 꼬리를 물고 계속 이어지고 있었다.

'그러니까 우리가 그 집의 주인을 서로 다르게 기억하는 건 시간차로 인해 당연한 거 아닌가? 근데 이 남자는 나보고 뭐? 사이비? 짝퉁 집 얘기하지 말랬나? 생각하면 나 참 기가 막혀서…. 그래! 네가 오빠여서 좋겠다.'

그때 현성이 고개를 내리고는 록현을 찬찬히 쳐다보았다. 순간 마음속이 들킨 것 같아 록현이 움찔했다.

"…혹시."

현성의 목소리는 잠시 망설이는 듯했다.

"지금 저랑 바다 보러 가지 않을래요?"

"…네?"

뜬금없는 그의 제안에 록현은 꿀 먹은 벙어리가 되었다.

"록현 씨… 저 지금 바다 보러 가려고 하는데 나와 동행해 주지 않겠습니까?"

현성의 말투는 정중했다. 그런데 다음 순간 록현의 머릿속에 뜬금없이 떠오른 건 그때 그 신촌의 경양식집 이름이었다. '맞아, 그 집 이름이 팡세였어. 모퉁이에 있었던 작고 아담한 경양식집. 노란 간판이 예뻤던 팡세….' 록현은 왜 그 가게 이름이 하필 이때 생각나는지 도무지 이해할 수가 없었다. 대답을 기다리는 현성의 얼굴을 보자 이내 정신이 든 록현은 정색하며 물었다.

"방금 무슨 얘기 한 거예요?"

"바다 보러 가자고 얘기했습니다."

"제정신이세요? 이 시간에 바다라뇨?"

09

　현성이 운전대를 잡은 붉은 스포츠카는 노란 헤드라이트 불빛을 뿜어대며 어둠 속을 달리고 있었다. 그리고 그 옆 조수석에 앉은 록현은 멍하니 차창 밖을 바라보고 있었다. 록현은 자신이 어떻게 현성의 의견에 동의하게 됐으며 지금 뭘 하고 있는 것인지 헷갈렸다. '이록현, 미친 거 아니니? 이 시간에 바다를 왜 보러 가는데? 그것도 남자랑!'

　그런데 어두운 차창 밖의 스쳐 지나는 가로등만 지루하게 보고 있자니 록현의 눈꺼풀이 점점 무거워지는 것이었다. '이록현! 정신 차려! 이 기지배야! 넌 지금 이런 상황에서 졸음이 오니?' 록현은 마음속의 소리가 자신을 질책하는 것을 느끼며 숨을 천천히 들이마시고는 어금니를 질끈 물었다.

　얼마나 잠이 들었을까? 차의 움직임이 느껴지지 않자 록현은 부스스 눈을 떴다. 어둠 속 가득 파도 소리가 들려왔다. 상황을 인지한 록현이 고개를 돌려 운전석을 보았지만, 현성의 모습은 보이지 않았다. 그런데 현성의 상의가 자신의 몸을 덮고 있는 것이 아닌가. 놀란 얼굴로 옷을 운전석에 내려놓은 록현은 주위를 두리번거리다가 차창 밖으로 활활 타오르는 작은 모닥불에 시선이 멈추었다. 그리고 그 모닥불 앞에 실루엣의 현성이 미동 없이 서 있는 모습도 보였다. 록현은 백미러로 자신의 얼굴을 들여다보고는 서둘러 차 문을 열고 밖으로 나갔다.

광활한 바다가 눈앞에 펼쳐져 있었다. 달빛은 넘실거리는 파도와 어울려 은빛으로 빛나고 있었다.

"곧 돌아갈 텐데 불은 뭐 하러 피웠어요?"

록현은 현성에게 다가오며 잠긴 목소리로 말했다.

"일어났어요?"

타닥타닥 소리를 내며 모닥불이 타오르고 있었다.

"누군가가 피웠는지 타다 만 나무가 있어서 불만 지폈어요."

현성의 말을 들은 록현은 불꽃을 바라보았다.

"죄송해요. 제가 많이 피곤했나 봐요."

"그건 괜찮은데 침을 어찌 많이 흘리던지 시트 밑바닥이 다 젖은 거 알아요?"

순간 록현은 자신의 입가를 만져보았다. 뽀송뽀송한 게 아무렇지도 않았다. '에이, 진짜 줄 알았잖아.' 현성은 빙긋 미소 지으며 그윽한 눈으로 바다를 바라보았다. 잠시 후, 쪼그려 앉아 불을 쬐고 있는 록현을 보며 현성이 나직하게 얘기했다.

"제가 할 일이 있거든요. 곧 다시 돌아올 테니까 피곤하면 눈 좀 붙이고 있어요. 알겠죠?"

록현은 몸을 돌려 걸어가는 현성의 뒷모습을 멀뚱히 바라보았다. 그런데 현성은 갑자기 넥타이를 풀어 바지 주머니에 쑤셔 넣고는 주저 없이 바다를 향해 성큼성큼 다가가는 것이었다. 제법 쌀쌀한 한기가 느껴져서 록현은 몸을 움츠렸다. 모닥불이 없었다면 바닷바람을 견디기 힘들 정도의 날씨였다. 현성은 크게 심호흡을 하더니 갑자기 텅 빈 모래사장을 가로지르며 달리기 시작했다.

"아! 아!"

현성은 쩌렁쩌렁 고함을 지르며 먼 곳을 향해 뛰어가기 시작했다. 한밤중에 바다 달리기라니. 록현은 그런 모습을 이해할 수가 없어 고개를 갸웃거렸다. 그런데 다음 순간 현성과 바다를 함께 바라보던 록현은 문득 어떤 기억이 머릿속에서 타오르는 불길처럼 선명해지는 것을 느꼈다.

갑자기 온 사방이 밝아지더니 시간이 낮으로 바뀌었다. 그리고 거짓말처럼 그녀의 몸도 작아졌다. 어느새 열 살의 어린 나이가 된 록현은 모래성을 만들고 있는 아버지를 물끄러미 쳐다보고 있었다. 세상은 더없이 평온했고 바람도 잔잔한 해변의 풍경은 더없이 아름다웠다.

"아빠! 지붕은 뾰족해야 하잖아."

모래성을 만들고 있던 록현의 아버지는 머리를 긁적여 보였다.

"이상한가? 아빠가 보기엔 괜찮은데."

"아냐, 지금은 성 같지가 않고 그냥 집 같아."

"그런가? 그냥 록현이가 이렇게 지붕 뭉툭한 성에서 살면 안 되나?"

입이 비죽이 튀어나온 록현은 고개를 세차게 저었다.

"싫어, 난 지붕이 뾰족한 성이 좋단 말이야."

록현의 크고 동그란 눈이 반짝였다.

"근데 이런 성에서 우리 세 식구만 사는 거야? 록현이는 결혼 안 해?"

아빠의 말에 뾰로통해진 록현은 손 허리를 하며 목소리를 높였다.

"아빠, 내가 뭐라 그랬어!"

아빠는 앙칼지게 노려보는 그 모습에도 그저 허허 웃어 보였다.

"난 아빠랑 결혼한다 그랬잖아. 벌써 배신?"

아빠는 록현을 바라보았다.

"에이, 못 믿겠다. 그리고 아빠는 엄마랑 결혼했는데 록현이랑 또 결혼해?"

"그럼 어때? 치, 이제 보니까 아빠 나랑 결혼하기 싫구나?"

아빠는 웃음을 참으며 록현에게 윙크를 해 보였다.

"싫긴! 우리 공주님하고 얼마나 오래오래 행복하게 살 건데. 자, 그럼 성 지붕을 뾰족하게 고쳐볼까요? 자, 여기에 모래를 부어봐."

록현은 양동이에 담긴 모래를 쏟아붓다가 갑자기 소리쳤다.

"어? 아빠, 내 신발!"

록현의 목소리에 아빠는 바다를 바라보았다. 둥실둥실 물결 위에 떠가는 딸의 흰색 여름 샌들을 확인한 아빠는 아차 싶었다.

"이런, 우리 공주님 신발이 어쩌다가 저기까지 흘러간 거지? 아빠가 얼른 가지고 올게요."

아빠는 바다로 뛰어 들어가 물속으로 헤엄쳐 들어갔다. 하지만 신발은 물결을 타고 자꾸만 멀어지고 있었다. 록현은 그 광경을 보며 발을 동동 굴렀다. 어느 순간 아빠가 록현의 얼굴을 흘끗 돌아보았다. 웃는 것인지 힘들어하는 것인지 그 알 수 없는 표정을 지어 보이던 아빠는 있는 힘껏 팔을 저어 다시금 헤엄쳐 들어갔다. 그렇게 록현 아빠는 록현의 시야로부터 점점 멀어져 가고 있었다.

그런데 갑자기 넘실대며 일렁이던 파도가 록현 아빠의 몸을 덮치며 삼켜버리는 것이었다. 쏴아아, 쿠르릉-. 록현은 아빠를 찾기 위해 고개를 이리저리 돌려보았다. 그러나 아빠의 모습은 바다 어디에도 보이지 않았다. 정적이 흘렀고 따가운 햇볕이 내리쬐고 있었다. 눈이 발갛게 충혈된 록현은 한참 동안 숨을 몰아 쉬다가 모래성 위로 쓰러졌다.

생각에서 빠져나온 록현은 물기가 밴 눈가를 손가락으로 문질렀다. 그때의 기억이 마치 가시가 돋아난 한 장의 사진을 마음속 깊이 끼워넣은 것만 같았다. 기억이 뒤척일 때마다 심장을 찌르며 느껴지는 고통은 시간이 흘렀어도 여전히 아파왔다.

모닥불이 탁탁, 낮은 소리를 내며 꺼져가고 있었고 하늘은 어느새 새벽이 도착한 듯 희뿌연 푸른빛이 번져가고 있었다. 그때 현성이 다가와 록현 옆에 철퍼덕 주저앉았다. 그는 거친 숨을 몰아쉬며 땀에 흥건히 젖은 머리를 쓸어 올렸다. 쉬지 않고 해변을 미친 듯이 달렸던 현성은 그사이 창백한 얼굴이 되어있었다. 록현은 차분한 얼굴로 현성을 바라보았다.
"현성 씨 참 특이한 사람인 거 알죠?"
숨을 고르던 현성이 바다를 응시했다.
"그런가요?"
록현은 손목시계를 확인했다.
"자, 그럼 바다 실컷 봤으니까 그만 가죠?"

현성은 벌떡 일어난 그녀를 물끄러미 올려다보았다.

"잠시만요."

현성은 주머니를 뒤적거리더니 지갑 속에서 사진 한 장을 꺼내 록현에게 건넸다.

"… 이게 뭔가요?"

록현은 사진은 확인하지 않은 채 현성을 보며 물었다. 머리를 긁적이던 현성은 천천히 몸을 일으켰다. 사진에는 밝은 머스터드 색상의 스웨터를 입은 한 여자의 모습이 담겨 있었다. 하얀 이를 드러내며 환하게 웃고 있는 그녀는 행복해 보였다.

'…?'

록현이 현성을 바라보았다.

"저랑 안 닮았습니까? 제 누난데."

아, 록현은 가만히 고개를 끄덕였다.

"사실 몇 년째 몸이 많이 아프거든요. 근데 근래에는 건강이 더 안 좋아졌어요."

현성의 말을 듣던 록현은 순간 현성이 지난밤보다 오 년은 더 나이가 들어 보인다고 생각했다. 푸른빛으로 인해 창백해 보여서 그럴 수도 있겠지만 확실히 그래 보였다.

"마음이 많이 아프겠네요. 근데… 갑자기 누나 사진을 왜?"

"록현 씨, 우리 누나 소원이 뭔지 아십니까?"

록현은 무슨 소린가 싶어 어깨를 으쓱해 보였다.

"그건 내가 결혼하는 걸 보는 겁니다. 식구가 단 둘뿐인데다가 몸도 아프다 보니까 늘 마음에 걸리는가 봐요."

록현은 사실 지금 현성의 가족사를 듣고 싶은 마음이 없었다. 하지만 맞장구는 쳐줘야 할 것 같아서 건성으로 말을 뱉어냈다.

"그럼 빨리 결혼하시면 되겠네요."

현성은 사진을 다시 집어넣으며 눈을 마주했다.

"네, 부탁드립니다."

록현은 무슨 말인가 싶어 눈을 동그랗게 떴다.

"네?"

"록현 씨, 저와 결혼해 주십시오."

갑작스러운 현성의 말에 기가 차서 아무 말도 나오지 않았다.

"누나 소원 들어주려면 적어도 여자 친구는 소개해줘야 할 거 아닙니까. 록현 씨, 한 번만 제 애인인 척 부탁드리겠습니다."

록현은 순간 자신이 잘못 들었나 싶었다. '애인인 척이라니? 가만… 누나 소원 들어주기 위해서 지금 나보고 애인 대역을 해달라는 거야?' 현성은 갑자기 중세 시대 기사들이 왕을 알현할 때처럼 한쪽 무릎을 꿇었다.

"록현 씨, 제가 지금 무례한 건 알지만 제발 이번 한 번만 도와주십시오."

당황한 록현이 단호히 거절하려고 입을 떼려던 그 순간이었다. 현성이 방파제 한곳을 보며 소리쳤다.

"이런… 벌써 오네요."

"……?"

　현성의 시선을 따라 방파제를 바라보자 차의 헤드라이트 불빛이 가까워지고 있었다. 새벽의 미명 속에 낡고 찌그러진 승합차 한 대가 다가오는 모습이 점차 선명하게 보였다. 그리고는 잠시 후, 승합차는 해변 길 한곳에 멈춰 섰다.

　"여기!"

　승합차를 향해 현성은 반갑게 손을 흔들어댔다. 이윽고 승합차 운전석의 문이 덜컥 열렸고 만화영화에서나 볼법한 턱수염의 사내가 차에서 내려 현성을 향해 두 손을 반갑게 흔들어 보였다.

　록현은 승합차를 유심히 바라보았다. 털보 사내는 뒷문을 열고 휠체어를 꺼내 바닥에 내려놓았다. 그리고는 차 안에 있던 한 여인을 조심스럽게 안아 휠체어로 옮기는 것이었다. 그 모습을 지켜보던 현성은 록현에게 정중히 고개를 숙였다.

　"누나예요. 록현 씨… 어려운 일인 줄 알지만 딱 한 번만 부탁드립니다."

　"이거 보세요."

　갑작스러운 상황에 록현은 그만 할 말을 잊고 멍해지고 말았다. 그런데 현성은 이내 승합차를 향해 달려가는 것이었다. 록현은 세차게 고개를 흔들어 보았다. 마치 꿈을 꾸고 있는 것 같았다. 순식간에 바다도 현실감이 떨어지고 자신이 밟고 서 있는 모래사장도 다 꿈결처럼 느껴져 왔다. 록현은 자신도 모르게 엄지손톱을 물어뜯었다.

'어떻게 해야지? 이록현.'

세찬 바람이 모래사장을 훑고 지나가면서 머리칼을 흐트러트렸다. 그러는 사이 승합차로 달려간 현성은 어느새 털보 일행과 함께 록현이 있는 모래사장 쪽으로 내려오고 있었다.

'어떡해? 이건 정말 아니잖아.'

난감한 표정의 록현이 머리를 쓸어 올리며 큰 숨을 내쉬었다. 조금 전 사진에서 본 현성의 누나가 점차 가까워지자 얼마나 당황했는지 어깨까지 떨려오는 것이었다. 마침내 세 명은 바로 앞까지 다가왔다. 휠체어에 앉아 록현을 바라보는 현성의 누나는 창백한 얼굴에 그야말로 병색이 짙은 가녀린 모습이었다.

"만나서 반갑습니다. 전 강요한이라고 합니다."

그녀 옆에 서 있던 털보 사내가 나직한 목소리로 먼저 인사를 건넸다.

"전 어릴 적부터 현성이랑 친하게 지내왔던 형이에요."

록현은 얼떨결에 고개를 숙여 인사했다.

"요한이 형은 지금 신부님 수업하고 있어요."

현성이 덧붙여 설명하자 요한은 성호를 그어 보였다.

"안녕하세요. 이록현이라고 합니다."

"그리고 이쪽은….."

현성은 휠체어를 가리켰다.

"안녕하세요. 현성이 누나 김현주라고 해요."

가냘픈 목소리가 새어 나왔고 록현은 그녀가 내민 야윈 손을 조심스럽게 잡았다.

"야, 정말 미인이시네."

"그러네요. 현성이한테 듣던 대로네요."

털보 요한과 현주가 번갈아 말했다.

"야! 넌 이런 사람을 이제껏 안 보여줬다 이거지?"

털보 사내가 옥박지르자, 현성은 머쓱한 표정으로 머리를 긁적여댔다. 록현은 현성의 누나가 자신을 찬찬히 바라보는 시선을 의식했다. 그런데 그 눈길이 생각 외로 전혀 부담스럽지 않았다. 마치 부드러운 엄마의 손길이 자신의 볼을 어루만지는 그런 눈길이었다. 생면부지의 낯선 사람이 이처럼 어색하지 않을 수도 있다는 사실이 놀라울 따름이었다. 록현에게서 시선을 거둔 현주는 힘없이 하늘을 올려보다가 잠긴 목소리로 입을 뗐다.

"록현… 언젠가 꿈에서 들어본 이름 같기도 하네요."

록현은 침을 꼴깍 삼켰다. 어쩌면 현성의 누나가 하는 말이 진심일 것 같은 느낌이 들었다. 그것은 현주의 미소가 놀랍게도 록현이 예전에 경험한 바로 그 미소였기 때문이다. 건강하지 못한 육체를 진즉 초월한, 마음의 평안이 담긴 그런 미소. 십 년 전, 눈이 수북이 내려 세상을 뒤덮은 그날 밤… 엄마가 호흡기를 떼어내기 전에 록현에게 마지막으로 보였던 그 미소도 저렇게 하얗고 힘이 없었다.

현성은 누나 현주의 휠체어를 밀면서 모래사장을 뛰어다녔다. 그 모습은 누가 봐도 영락없는 어린아이였다. 록현과 요한은 이미 사그라져 온기가 없는 모닥불가에 앉아 남매의 모습을 바라보았다. 요한은 턱수염을 긁적이다가 낮은 목소리로 말했다.

"현성이 여자 친구 아니라는 거 알고 있습니다. 없던 여자 친구가 일주일 만에 갑자기 생겨날 리도 없고…. 하여튼 재미있는 놈이라니까."

요한은 헛기침한 뒤 말을 이었다.

"혹시 알바하시는 거면 앞으론 이런 거 하지 말고 배우 오디션을 보는 게 어떠신지?"

록현은 그의 말에 피식 웃어 보였다.

"인물이 아까워서요. 진심입니다."

록현은 아무 말 없이 한숨을 내쉬었다. 요한이라는 이 사람은 명절 때나 볼법한 친척 같은 친근감을 풍기고 있었다. 록현은 현성을 바라보며 입을 뗐다.

"저, 그런데… 현성 씨는 뭐 하는 사람인가요?"

요한은 바지에 기어 올라온 개미를 호들갑스럽게 털어내며 록현을 보았다.

"아? 거 있잖아요. 그거 뭐라고 하죠? 차 새로 나오면 주인한테 탁송해주는 거요."

그의 말에 록현은 문득 현성이 몰고 온 자동차를 돌아보았다. 붉은색 스포츠카에는 정말로 임시 번호판이 붙어있었다.

"그렇군요. 그나저나 저 두 분 무척 보기 좋네요."

"믿기세요? 어릴 적부터 싸움 한번 안 하고 저렇게 친하게 지낸다는 게. 현성이는 누나 일이라면 불길에라도 뛰어들 놈입니다."

요한은 바지를 계속해서 털어내고 있었다.

"하여간 성격 하나는 별난 놈인 거 알아줘야 한다니까요."

"왜요?"

록현은 현성의 성격을 얼핏 알 것 같으면서도 궁금했다.

"몇 달 됐죠. 이곳에 사채 좀 돌리는 놈들이 있었는데요, 그 자식들이 현주 누나를 괴롭혔다가 현성이한테 제대로 혼났다는 거 아닙니까."

요한은 목소리를 높이며 다시금 턱수염을 긁어댔다.

"병원비 때문에 현성이가 사채 좀 끌어 쓴 게 있는데 우여곡절 끝에 원금은 다 갚았거든요? 근데 이놈들이 괜히 현주 누나한테 찾아가서 이자 계산이 안 됐다고 협박 비슷하게 나온 거예요. 그걸 알고는 현성이가 며칠 동안을 그놈들 찾아가서 치고받고 하면서 얼마나 생쇼를 벌였는지 아세요? 어휴, 말도 마세요."

순간 머릿속에 깁스를 하고 밤마다 가게에 왔던 현성의 모습이 스쳐 지나갔다. 요한은 잠시 말을 멈추고는 현성과 현주를 향해 손을 흔들어 보였다. 록현은 머뭇거리면서 요한을 쳐다보았다.

"그런데…."

"예, 말씀하세요."

"식구가 누나밖에 없는 건가요?"

"아, 그거요?"

묘한 표정이 요한의 얼굴에 스쳐 갔다.

"부모님이… 두 분 다 안 계신 모양이죠?"

요한은 한숨을 쉬며 머리를 긁적였다.

"이걸 어떻게 설명해야 하나?"

곤란한 질문을 한 것 같았다. 그러나 요한은 차분하게 말을 이어나갔다.

"아주머니는 현성이가 어릴 때 사고로 돌아가셨고요, 아저씨는 실종되셨어요. 오래전에."

"……!"

요한은 힘없이 바다를 응시했다.

"바다에서요."

순간 덜컥 록현의 깊은 어디에선가 감정의 톱니바퀴가 어긋나는 소리가 들려왔다.

"아픈 얘기네요… 근데 어쩌다?"

요한은 입맛을 다시듯 쩝쩝거리더니 모래 한 줌을 집어 저만치 던졌다.

"사실 아저씨는 어부셨어요."

"어부요?"

"네, 그 얘기 들려줄까요? 현성이 아버지 얘기?"

"네에…."

어느새 귀를 쫑긋 세운 록현은 고개를 끄덕였다. 왠지 현성의 가족사를 좀 더 알고 싶어졌다.

"아주 오래전에 아저씨께서 새벽 배를 타고 바다에 나갔는데 우연히 푸른 고래를 봤다나 봐요. 그 고래가 한참 동안을 배를 따라서 같이 다니니까 신기하기도 하고 어쨌든 기분이 묘했나 봐요. 그때부터 아저씨는 눈만 뜨면 그 고래를 다시 보고 싶다면서 시도 때도 없이 바다로 나갔죠….”

휠체어가 파도의 포말에 닿을 듯 말 듯 세워져 있었다. 현성은 발로 물장구치고 있었고, 현주는 먼 바다를 물끄러미 바라보고 있었다. 요한은 계속해서 말을 이어갔다.

“근데 그게 참 묘한 게 뭐냐면 어느 날 바다에 나가셨다가 영영 돌아오지 않은 거예요.”

록현은 다소 충격적인 얘기에 몸을 움츠렸다.

“그날도 아저씨는 푸른 고래를 보겠다면서 여느 때처럼 아침에 바다로 나갔는데… 현성이나 현주 누나에겐 그게 마지막 모습이 된 거죠.”

포말이 부서지며 밀려들자 현성이 과장되게 소리 지르며 휠체어를 비스듬히 들어 올렸다.

“그 이후에 배는 못 찾았나요?”

록현이 조심스럽게 물었다.

“네. 그래서 말인데요, 아직 안 오신 거로 봐서 제 생각이지만… 푸른 고래를 찾으러 아직도 바다를 떠돌아다니시는 게 아닐까 생각하거든요.”

요한은 말을 마치고는 몸을 일으켰다. 록현은 아무 말 없이 재를 뒤집어쓴 모닥불을 응시했다. 바다는 태양 빛으로 눈부시게 반짝였다.

“현성이 많이 부족해요. 하지만 괜찮은 애니까 많이 예뻐해주세요.”

"…네."

현주와 함께 바다를 바라보던 록현이 작은 소리로 대답했다. 현주는 천천히 고개를 돌려 록현의 옆얼굴을 찬찬히 들여다보았다.

"근데 언제쯤 결혼할 생각이에요?"

"네?"

"괜찮아요. 이미 같이 산다는 거 현성이한테 들었어요."

순간 당황한 록현은 어떤 대답도 찾지 못했다.

"그냥 동거하는 거보단 빨리 식 올리고 사는 게 낫지 않겠어요?"

현주는 록현을 보며 어색한 미소를 지어 보였다.

"내가 괜히 끼어드는 것 같아 미안해요. 몸이 아프다 보니까 서두르는 버릇이 생겨서요. 초면에 너무 주책이죠?"

록현은 적당한 말을 찾지 못하고 잠시 머뭇거렸다. 현주는 요한과 얘기를 나누고 있는 현성을 돌아보며 손을 힘없이 흔들어 보였다.

"현성아, 가자! 바람이 차!"

그녀의 목소리는 마른 나뭇잎이 바닥에 쓸리는 소리처럼 스산하게 들려왔다.

11

록현과 현성은 난감한 표정을 지어 보였다.

"누나, 이럴 필요까진…."

"뭐 해? 어서 록현 씨 데리고 들어가지 않고!"

바다 전망이 환히 보이는 호텔까지 데려온 현주는 힘없는 목소리로 재촉했다. 요한이 호텔 열쇠를 건네자 현성은 어쩔 수 없이 그것을 받아 들었다. 곧이어 요한은 눈을 지그시 감으며 성호를 그었다. 록현의 손을 살며시 잡으며 현주가 미소 지어 보였다.

"정말 남부럽지 않게 행복해야 해요. 알았죠?"

"네."

록현은 힘없는 목소리로 대답했다. 현주는 갑자기 자신의 손가락에 끼고 있던 반지를 빼서 록현의 손에 쥐여주었다. 의아한 표정으로 멀뚱멀뚱 그녀를 보자 현주는 손을 포개어 감쌌다.

"선물이에요. 록현 씨 만난 기념으로 주는 거니까 받아요."

요한이 휠체어 손잡이를 잡았다. 록현은 현주와 요한에게 고개 숙여 인사했다.

"안녕히 가세요."

"형, 누나 데리고 어서 돌아가."

현성의 말에도 현주는 떠나고 싶은 생각이 없는 듯했다.

"먼저 들어가. 우리 걱정하지 말고."

요한이 헛기침하며 얼른 엘리베이터 버튼을 눌렀다.

"자, 우린 그만 가죠."

요한은 현주를 태운 휠체어를 밀며 몸을 돌렸다. 얼떨결에 현성과 함께 엘리베이터에 들어선 록현은 닫히는 문 사이로 현주의 뒷모습을 보았다. 그것은 정확히 말해 현주의 뒷모습이 아닌 휠체어를 밀고 있는 요한의 뒷모습이었다. 그런데 얼핏 현주가 고개를 돌려 닫히는 엘리베이터를 바라보는 것이었다. 현주의 짧고도 좁은 시선이 록현과 마주쳤다.

순간, 록현의 두 눈에 신발을 따라 헤엄쳐가던 아빠가 마지막으로 한번 돌아보던 바로 그 눈빛과 겹쳐서 보이는 것이었다. 어지러운 기운 같은 것이 핑하고 머릿속을 훑고 지나갔다.

노란 아침 햇살이 객실을 환하게 비추고 있었다. 작은 테이블 위에 놓여있는 둥그런 유리 화병에는 하얀 안개꽃이 가득 꽂혀있었다. 호텔 방에 들어서긴 했지만 어색한 침묵은 두 사람을 짓누르고 있었다.

"현성 씨 나쁜 사람 아니죠?"

록현이 침묵을 깨며 입을 열었다. 현성은 록현을 그저 멀뚱히 쳐다보고 있었다.

"우리 잠도 못 잤으니까 여기서 눈 좀 붙이고 가죠."

"괜찮겠습니까?"

"누나가 애써 마련한 성의잖아요."

현성은 주위를 잠시 두리번거렸다.

"그럼 전 소파에서 잘 테니까 침대에서 편하게 눈 좀 붙이세요."

러닝 차림으로 소파에 누우려는 현성의 귓전에 록현의 목소리가 들려왔다.

"저… 현성 씨 전에 그림 그렸다면서요?"

현성은 동작을 멈추고 눈을 동그랗게 떴다.

"아, 네…. 에이, 요한이 형은 누구랑 만나면 그딴 얘기 좀 하지 말라니까."

록현은 문득 유리 화병에 꽂혀있는 안개꽃을 바라보았다.

"근데 무슨 그림을 그렇게 못 그려요?"

현성은 무슨 소린가 싶어 고개를 갸웃하더니 자신의 머리를 탁 때렸다.

"아! 담장 그림요?"

록현은 샐룩 미소 지어 보였다.

"농담이에요. 사실 볼수록 매력 있어요. 진짜로…."

"소질이 없어서 그만두길 잘했죠, 뭐. 근데 록현 씨는 카페 하기 전에는 뭘 했어요? 사실 전부터 물어보려고 했는데 그냥 궁금해서요."

록현은 엄지손톱을 물어뜯었다.

"작가 지망생이었어요. 동화 작가."

의외라는 표정의 현성이 감탄사를 내뱉었다.

"이야, 대단하다. 뭘 썼는데요?"

"쓰다 말았는데 사실은 다시 시작할까 생각 중이에요."

"무슨 내용인지 물어봐도 돼요?"

록현은 현성이 그냥 예의로 물어본다는 것을 알아차렸다. 연신 하품을 해대는 그의 눈은 어느새 발갛게 충혈되어 있었기 때문이다.

"무지개 끝 마을에 사는 우산 장수를 찾아가는 한 어린아이의 얘기예요."

"제목은요?"

"우산 장수와 여우 피리."

현성은 심각한 표정을 지어 보였다.

"우산 장수와 여우 피리라? 괜찮은 제목인 것 같네요. 근데 여우 피리가 뭐죠? 그거 문방구 같은 데서 파는 건가?"

록현은 살며시 시계 쪽으로 눈길을 줬다. 현성은 그녀의 의중을 곧바로 눈치챘다.

"이런, 내 정신 좀 봐. 많이 피곤하죠?"

둘 사이에 다시금 정적이 흘렀다. 침대에 앉아있던 록현은 베개를 끌어안았다. 현성은 기지개를 켜더니 소파에 반듯하게 누웠다. 그 모습을 바라보던 록현도 저절로 하품이 쏟아졌다.

깊은 잠에 빠져있던 록현은 어느 순간 눈을 게슴츠레 뜨고는 멍하니 방안을 둘러보았다. 잠시 공간 감각이 없었지만 생각해보니 호텔 방이었다. 현성은 비스듬히 엎드린 자세로 소파에서 곤히 자고 있었다. 록현은 시간을 들여다보고는 천천히 침대맡 라디오에 손을 뻗었다. 계속해서 잠을 잘 수는 없는 노릇이니 현성을 자연스럽게 깨워야 할 것 같앗다. FM 버튼을 번갈아 눌러보던 록현은 한 채널에 멈추었다. 오래된 팝송이 흘러나오고 있었다. 그녀의 시선은 자연스럽게 현성의 뒷모습으로 향했다. 그런데 문득 러닝 바람으로 자는 현성의 어깨 뒤에 새겨진 타투가 눈에 들어왔다. 뭔가 싶어 침대에서 일어나 살금살금 현성 곁으로 다가갔다. 현성의 어깨 뒤쪽으로 동전 크기의 작고 선명한 고래가 한 마리 새겨져 있었다. 푸른색 고래였다. 그러자 귓전으로 털보 요한의 음성이 들려왔다.

'아직 안 오신 거로 봐서 제 생각이지만 푸른 고래를 찾으러 아직도 바다를 떠돌아다니시는 게 아닐까 생각하거든요.'

록현은 고래를 만져보고 싶었다. 그리고는 천천히 손을 뻗어 조심스럽게 고래를 손끝으로 대보았다. 순간 현성이 몸을 뒤척이며 고개를 돌렸다. 잠이 덜 깬 그와 눈이 마주치자 록현은 재빨리 손을 뗐다. 현성은 부스스 몸을 일으켰다.

"이런, 내가 정신없이 잔 모양이네."

현성은 음악 소리가 낮게 들려오는 침대를 바라보았다. 록현은 걸어가 창가에 기대어 섰다. 반쯤 드리워진 커튼 사이로 햇살이 눈부시게 빛나고 있었다. 현성은 잠시 록현을 바라보다가 물 잔에 담긴 물을 벌컥벌컥 들이켰다. 정적을 깨고 록현이 나직하게 말했다.

"저, 현성 씨?"

"네?"

"우리 춤 한번 출래요?"

뜬금없는 제안에 현성은 물을 쏟을 뻔했다.

"지금요?"

"네."

현성은 머리를 긁적였다.

"사실 춤 같은 거 잘 못 추는데….

"저도 그래요. 그냥 한번….

잠시 고개를 떨군 현성은 결심한 듯 벌떡 몸을 일으켜 록현 앞에 다가가 섰다. 록현의 양 볼은 어느새 상기되어 있었다.

"정말 실망하실 텐데….

현성은 한 손을 뻗어 록현의 손을 맞잡았다. 긴장한 현성이 침을 꼴깍 삼켰다. 록현도 마찬가지였지만 둘은 손을 마주 잡은 채 천천히 발을 내디디고 있었다. 어색하기만 했던 분위기가 서서히 음악에 동화되어 가고 있었다. 록현은 어느 틈엔가 현성의 어깨에 천천히 얼굴을 기대었다. 현성의 몸이 미미하게 떨려왔다. 록현은 작은 목소리로 속삭였다.

"있잖아요."

"네?"

"고래 본 적 있어요?"

"아… 아뇨."

"전 봤어요. 조금 전에… 아주 작은 푸른 고래를요."

현성이 잠시 동작을 멈추고 록현을 보자, 그녀 역시 그를 뚫어지게 응시했다. 이렇게 가까이에서 서로를 본 것은 이번이 처음이었다. 둘의 마주 잡은 손에 땀이 배어났다. 어색한 듯 록현이 천천히 손을 풀고는 현성의 머리칼을 조심스럽게 쓰다듬었다. 현성은 그런 그녀를 잠시 지켜보다가 손바닥에 가볍게 입을 맞추었다. 잠시 움찔거리던 록현의 손이 이번에는 현성의 가슴께를 지나면서 어깨 타투에서 멈추자 감정이 격앙된 현성은 록현의 허리춤을 부드럽게 안았다. 순간 록현은 호흡이 멎을 것만 같았다.

"하아…."

자신도 모르게 숨소리가 새어 나오자 록현은 당황한 얼굴로 현성을 바라보았다. 현성이 록현의 이마에 입을 맞추자 그녀는 두 눈을 감았다. 이윽고 서로의 입술이 맞닿았고, 길고 조용한 입맞춤은 음악이 끝나도록 이어졌다. 현성이 록현을 침대에 조심스럽게 눕히자 록현은 고개를 젖혀 그를 올려다보았다. 록현의 그윽하고 차분한 눈에 어느새 물기가 배어있었다. 현성이 록현의 눈에 입술을 대자 따뜻하고 끈적한 눈물이 현성의 입술에 스며들었다.

알몸이 된 현성과 록현은 서로를 한참이나 바라보았다. 그리고 둘은 마침내 몸이 포개지며 하나가 되었다. 현성의 숨소리가 록현의 귓가에서 목을 타고 가슴께로 내려왔다. 순간 록현의 입에서 신음이 터져 나오며 현성의 어깨를 움켜쥐었다. 휘이잉-. 창밖으로 세찬 바람이 불어왔다.

록현은 숲속의 외딴집 앞에 서 있었다. 울창한 숲의 짙은 음영에 드리운 외딴집은 외관상 작고 초라해 보였지만 외벽에 나무를 겹겹이 덧대어 나름 견고한 모양을 갖추고 있었다. 예전에 록현은 여행 중에 우연히 숲속에 있는 집을 발견하게 되면 저런 곳에는 누가 살고 있을지 궁금해했던 적이 있었다. 그런데 지금은 이런 집의 주인은 아마도 세상에서 가장 행복한 사람일 거라는 확신이 들었다. 왜냐하면, 외딴 숲속 집에서 오랜 세월을 살아야 하는 사람이라면 반드시 충만한 행복을 품고 있어야 할 것만 같았다. 무수한 시간 속의 외로움도, 인생의 의미와 목적도 모두 자신이 개척한 행복에 의해 삶이 재해석 될 것이기 때문이다. 록현은 집의 작은 창문을 통해 안을 들여다보았다. 창문이 지저분해서 실내가 뿌옇게 보였지만 다행히도 맞은편 벽에 매달린 노란 램프의 불빛이 실내를 아스라이 비추고 있었다. 그런데 안을 찬찬히 들여다보던 동공이 어느 순간 커졌다. 그것은 실내를 가득 채운 모래성이 덩그러니 자리 잡고 있었기 때문이다. 거기에다 모래성 위엔 작은 신발 한 켤레가 가지런히 놓여있었다. 그것은 바다로 떠내려갔던 어린 시절 바로 그 신발이었다. '헉!' 록현의 입에서 신음이 새어 나왔다. 그리고 창문이 덜컹덜컹 진동하기 시작했다. 무슨 일인가 싶은 록현의 시선이 재빠르게 집안 이곳저곳을 훑었다. 그런데 갑자기 집안으로 엄청난 바닷물이 요동치며 차오르는 것이었다. 순식간에 모래성이 바닷물의 위력에 흔적도 없이 사그라지자 록현은 너무도 놀란 나머지 창에서 재빨리 얼굴을 뗐다.

현성이 뒤척이자 그의 곁에 누워 잠든 록현은 숲속 집에서, 그 꿈에서 번뜩 깨어났다. 이마에 땀이 송글송글 배어있던 그녀는 벗은 몸을 천천히 일으켰다. 그리고는 고개를 돌려 현성을 잠시 바라보았다. 어지럽게 구겨진 시트 위에서 현성은 어린아이처럼 곤히 잠들어있었다. 록현은 주섬주섬 옷을 집어 들고 샤워실로 향했다.

고속도로를 질주하는 차 속에서 두 사람은 한마디 말도 나누지 않았다. 그러나 조금도 어색하거나 불편하지 않았다. 록현은 자신과 비슷한 아픔을 가진 사람과 이렇게 나란히 앉아있다는 것이 이상했다. 그녀는 생각에 빠져들었다.

'김현성….'

'이록현….'

'그리고 둘이 함께한 시간….'

차창 밖으로는 지난밤, 어둠 속을 달려왔을 때와는 다르게 선명한 산자락의 풍경이 시원하게 펼쳐져 있었다.

스포츠카는 어스름한 저녁이 되어서야 지중해 카페에 도착했다. 록현은 차에서 내려 불 꺼진 가게를 바라보았다. 하루 사이가 일주일보다도 더 길게 느껴졌다.

"그럼 조심히 가세요."

록현은 잠긴 목소리로 현성에게 인사하다가 문득 주머니를 뒤적거렸다. 그리고는 현주가 건넨 반지를 꺼냈다.

"아, 이거…."

차 문을 열고 밖으로 나온 현성은 잠시 아무 말 없이 반지를 바라보았다.

"그건 이제 록현 씨 거잖아요."

"그래도 이건….."

현성은 록현에게 다가와 반지를 쥔 손을 살며시 감쌌다. 따뜻한 온기가 전해져왔다.

"불편해할 것 없어요. 누나는 록현 씨 만난 기념으로 준 거니까."

록현은 난감한 얼굴이 되었다. 잠시 생각하던 현성이 나직하게 말했다.

"이렇게 하면 어떨까요? 어차피 이 반지는 이제 록현 씨 거니까 끼고 있다가 혹시라도 계속 마음에 걸리면 그땐 저 뜰 어딘가에 묻어버리는 거예요. 여기 지중해 카페에서 일어난 모든 일을 기념하는 의미로. 어때요?"

현성의 말을 들은 록현은 뜰 쪽을 바라보았다. 현성은 고개를 끄덕여 보이더니 감싸고 있던 손을 힘없이 풀었다. 록현은 무슨 말인가를 해야겠다고 생각했지만 손에 쥔 반지를 그냥 만지작거릴 뿐이었다. 현성은 그런 모습을 보며 한두 걸음 뒤로 물러났다. 록현은 현성에게 잘 가라는 말 대신 고개 숙여 인사를 했다. 현성은 가슴께에 손을 댔는데 그것이 아마도 답례의 동작인 듯했다. 록현은 애써 침착한 표정을 지어 보이고는 뜰에 세워진 자신의 승용차를 향해 걸어갔다.

현성이 탄 붉은 스포츠카가 카페를 빠져나가고 있었다. 자신의 차 속에 앉아 백미러를 바라보던 록현은 스포츠카가 시야에서 완전히 사라질 때까지 한참을 그렇게 앉아있었다.

짙은 그리고 푸른

12

　현성과 바다를 다녀온 지 보름이 지나가고 있었다. 날씨는 하루가 다르게 변해갔고 아침과 밤엔 제법 한기가 느껴질 정도로 온도가 내려가고 있었다. 록현은 일을 하면서도 가끔 엄지손톱을 물어뜯으며 어떤 생각에 골똘히 빠져있고는 했다. 그 생각이 반드시 현성이라고 단정 지을 수는 없었으나 전혀 무관하지도 않았다. 한차례 거친 폭풍우가 지나간 뒤의 맑은 하늘이 이상하리만치 어색하게 느껴지는 그런 후유증 같은 증세였다. 그사이 손님들은 뜸해지긴 했으나 간간이 한꺼번에 밀려와서는 일행들과 밤까지 음료나 맥주를 마시며 머물다 가곤 했다. 전에는 거의 찾지 않던 따뜻한 차가 점심시간 이후에 매상의 반을 차지하는 것으로 보아 추위가 가까워지고 있음을 알 수 있었다. 록현도 저녁 식사 후에는 김이 피어오르는 뜨거운 코코아를 한 잔씩 마시는 습관을 갖게 되었다. 이따금씩 록현은 현성이 불쑥 찾아오지나 않을까 싶어 현관을 쳐다보곤 했지만, 현성은 그 이후 모습을 드러내지 않았다. 그렇게 또 며칠이 지나고 아침과 밤에는 간간이 온풍기를 작동해야 할 정도로 기온이 내려가자 록현은 창고에서 겨울용 소품 몇 개를 꺼냈다. 눈이 내리는 마을이 담긴 주먹만 한 크기의 스노우볼과 낙엽이 날리는 오솔길 풍경의 LED 액자 같은 것들이었다. 꺼내온 소품들의 비닐 포장을 벗겨내고 그것들을 깨끗한 천으로 닦아주었다. 비닐에 잘 감싸있었지만 먼지가 제법 내려앉아있었다. 록현은 소품들을 각각 제 위치에 진열하고 나서 퇴근하기로 마음먹고는 카페 곳곳을 둘러보았다. 그때 딸랑-. 익숙한 현관의 종소리가 들려왔다. 록현은 무의식적으로 현관을 쳐다보았다.

"......!"

거짓말처럼 현성이 현관 입구에 서 있었다. 록현은 하던 일을 멈추고 잠시 멍한 표정으로 현성을 바라보았다. 예상치 못한 현성의 등장에 얼굴이 순간 화끈거렸다. 가게는 손님들이 다 빠져나간 늦은 시간이었지만 마치 현성이 첫 손님처럼 느껴져 왔다.

"안녕하세요?"

현성이 록현을 보며 희미한 미소를 지어 보였다.

"네, 안녕하세요?"

대답하는 록현의 목소리가 떨려왔다. 그런데 현성의 표정이 어두워 보였다.

"그냥 록현 씨 얼굴 잠깐 보러 들렀어요."

현성은 잠시 숨을 들이마시더니 힘없이 록현을 바라보았다.

"누나한테 가는 길에, 그냥 한번….."

록현의 머릿속에 왠지 불안한 느낌이 엄습해왔다.

"병원에서 조금 전에 전화가 왔는데, 이제 정말 가망 없다고….."

적잖이 충격을 받은 록현의 눈동자가 흔들렸다.

"그냥 커피 한 잔 마시고 가볼게요."

현성은 애써 미소를 지어 보였다.

짙은 그리고 푸른

"현성 씨!"

차를 출발하려던 현성이 깜짝 놀라 브레이크를 밟았다. 어느새 가게를 걸어 잠그고 나온 록현이 차를 막고 서 있었다.

"같이 가도 되죠? 저도 가봐야 할 것 같아서요."

차 안에선 적막이 흘렀다. 그렇게 한참을 운전하던 현성은 중얼거리듯이 말했다.

"각오했던 일이지만… 너무 빠르네요."

덤덤하게 말하는 현성의 목소리가 귓전에 슬프게 와 닿았다. 록현은 차창 밖을 바라보고 있었지만, 사실은 어두운 창을 통해 비치는 현성의 옆모습을 보고 있었다.

요한은 현성이 차에서 내리자마자 재빨리 다가와 소리쳤다.

"의사 선생님께 허락받았으니까 걱정하지 말고 누님 모셔라."

록현이 따라 내리며 요한에게 인사했다.

"안녕하세요?"

털보 요한이 눈을 동그랗게 뜨고 록현을 바라보았다.

"…? 오셨네요."

록현은 의아한 얼굴로 주위를 둘러보았다.

"여기는?"

병원에 올 줄 알았던 록현의 예상과는 다르게 현성이 도착한 곳은 작은 항구였다. 현성과 요한이 승합차 문을 열고 현주를 들어 올려 휠체어에 옮겨 태웠다. 마스크를 낀 현주는 몽롱한 눈으로 고개를 숙이고 있었다.

"이상하게 생각할 거 없습니다. 저희 지금 바다로 나가는 거니까."

"바다요? 왜요?"

현주는 위태롭게 휠체어 손잡이를 잡고 있었다.

"누나 마지막 소원 들어주려고요. 록현 씨도 어서 타세요."

요한과 현성이 현주를 작은 어선에 실었다. 영문도 모른 채, 록현은 배에 올라탔다.

작은 어선이 바다를 미끄러지며 나아갔다. 등대 불빛 하나 보이지 않는 어둠이었다. 현성은 휠체어에 앉은 누나 현주를 물끄러미 바라보았다. 현주는 천천히 손을 올려 마스크를 벗었다. 긴 호흡으로 바닷바람을 마시던 그녀의 푸른 입술이 무슨 말인가를 하려는 듯 달싹거렸다. 록현은 현주에게 다가가 무릎을 꿇고 그녀의 장갑 낀 손을 잡아주었다. 털장갑을 끼고 있었는데도 현주의 손은 차가웠다.

"춥지 않으세요?"

현주는 힘없이 고개를 저었다. 이젠 추위마저 느낄 수 없는 그녀였다. 록현은 겉옷을 벗어 그녀의 몸을 감싸주었다. 배가 한동안 어둠 속에서 이동하는 동안 모두가 말이 없었다. 이윽고 요란한 배의 시동 소리가 꺼졌고 배는 칠흑 같은 바다 한가운데에 둥둥 떠 있을 뿐이었다. 그때 선실에 있던 선주가 나와 소리쳤다.

"위험해서 더는 못 나가겠네요."

바람은 바다 위를 훑으며 날카로운 소리를 내고 있었다.

짙은 그리고 푸른

"네, 고맙습니다."

현성이 고개 돌려 인사하자 선주는 다시 선실로 들어갔다.

"누나."

"…응?"

현주는 바다를 보며 얘기하는 현성의 뒤통수를 가만히 바라보았다.

"무섭지?"

"아니, 안 무서워. 정말이야."

현성은 몸을 돌려 현주에게 다가왔다.

"근데, 있지? 내가… 내가 무서운 거 알아?"

현주가 글썽이는 현성을 보며 미소 지어 보였다.

"나 어떡해? 누나… 너무 무서워….”

현성의 두 눈은 벌겋게 충혈되어 있었다.

"누나 안 보내고 싶은데. 정말 이렇게 누나 보내지 말아야 하는데… 지금 어떻게 해야 할지 모르겠어….”

"이리 와, 현성아."

록현 옆으로 다가온 현성이 누나의 차가운 손을 잡았다. 현주는 현성의 머리를 천천히 쓰다듬다가 고개를 들어 록현을 바라보았다. 희미하게 꺼져가는 미소가 그녀의 입가에 있었다. 록현은 그녀가 무엇인가 할 말이 있다는 것을 알아차렸다. 같이 있어줘서 고맙다고, 더 빨리 알았다면 좋았겠지만 그러지 못하고 벌써 작별이라는 게 안타깝고 미안하다고 말하는 듯한 미소였다. 몸을 일으킨 록현은 돌아서서 눈가를 닦아냈다. 이젠 가족과 함께할 시간이었다.

"아빠는 푸른 고랠 만났을까?"

누나 현주의 말에 현성이 잠긴 목소리로 대답했다.

"그럼."

현성의 머리칼을 조심스럽게 만지던 현주는 현성을 그윽한 눈길로 바라보았다.

"너, 머리카락 좀 잘라야겠다. 지저분하잖아."

현성은 누나의 말에 고개를 끄덕여 보였다. 작은 고갯짓에 고인 눈물이 주르륵 흘러내렸다. 그리고 누구도 아무 말 없이 약속이나 한 듯 바다를 바라보았다. 시간이 어느 정도나 됐는지, 바다를 얼마나 바라봤는지는 중요하지 않았다. 현주가 이제껏 살아냈던 그 삶이 행복했는지 불행했는지도 지금은 중요하지 않았다. 록현은 생각했다. 떠나야 하는 사람과 떠나보내야 하는 사람이 지금 같은 바다 위에 있다는 것, 그것만이 진실이라고….

얼마나 지났을까? 바다를 바라보던 현주의 눈이 힘없이 감기고 있었다. 현주는 현성의 뺨에 자신의 볼을 가만히 대며 속삭였다.

"고마워, 현성아. 항상 내 곁에 있어줘서…."

그녀의 고개가 천천히 떨구어지고 있었다. 현성은 고개를 저었다.

"안 돼. 누나… 안 돼."

현성은 누나를 끌어안고 볼을 부볐다. 축 늘어지는 현주의 두 팔 너머로 영혼의 날개가 펼쳐지고 있었다. 록현은 두 손을 가지런히 모으고 눈물을 삼켰다. 요한이 떨리는 손으로 성경책을 펼치며 목소리를 높였다.

"살아있는 우리에게는 죄를 용서해 주시고, 죽은 모든 이에게는 빛과 평화를 허락하시는 하느님께서는 임종을 맞는 우리 자매와 우리 모두에게 강복하소서, 아멘."

요한이 비통한 표정으로 성호를 긋고 나자 현성은 누나를 끌어안고 소리 내어 울기 시작했다. 그 슬픔은 바람에 실려 멀리멀리 퍼져나갔다.

항구에 대기 중이던 구급차에 싸늘한 현주의 몸이 실리고 있었다. 록현은 하얀 입김을 내며 그 모습을 지켜보았다. 어느 틈엔가 슬픔에 잠긴 현성이 록현 앞에 다가와 섰다.

"먼저 올라가세요. 요한 형이 기차역에 데려다줄 겁니다."

지금 현성에게 그 어떠한 말도 위로가 되지 않을 게 분명했다. 록현은 돌아서는 현성을 안타깝게 바라보았다. 현성은 걷다가 우뚝 멈춰 서더니 다시 록현에게로 향했다. 그리고는 록현의 두 눈을 뚫어지게 바라보면서 말했다.

"기다려주실 거죠?"

슬픈 눈동자가 파도처럼 애처롭게 넘실거렸다.

"다 정리되면 바로 찾아갈게요…."

현성의 말에 록현의 눈시울이 붉어졌다. 벌써부터 이 남자가 그리워지는 것 같았다. 록현은 자신 앞에 서 있는 슬픔에 잠긴 남자를 꼬옥 끌어안았다. 눈을 질끈 감은 현성도 록현을 두 팔로 감싸 안았다.

헤어지고 난 아쉬움은 서울로 향하는 기찻길에까지 이어졌다. 록현의 시선은 흘러가는 창밖의 풍경을 응시하고 있었지만 생각은 마음속 깊은 모서리를 돌아다니고 있었다. 정말 이상한 일이었다. 그렇게 떠나간 현성의 누나와 함께했던 마지막 순간에서 밀린 방학 숙제를 마치고 잠자리에 들던 자신의 어린 시절 모습이 떠올랐다. 왜일까? 록현은 시간의 감각이 슬픔으로 마취가 되어 징검다리처럼 듬성듬성 끊겨 있는 것만 같았다. 그래서 지금 무기력하게 기억을 되짚어보는 것 이외에는 달리 아무것도 할 수가 없었다. 지난 시간을 뒤적거린 록현은 생각의 늪에서 존재라는 의미를 더듬거려보았다. 어쩌면 우리는 모두 삶이라는 숙제를 끝내고 잠자리에 드는 그 시간을 위해 존재하는 건 아닐까? 다시 시작될 다른 시작, 지우개가 없어서 결코 수정할 수 없는 흔적들, 과거라는 이름으로 이미 제출된 돌이킬 수 없는 시간. 현주의 죽음은 지금 록현에게 그런 의미를 묻고 있었다. 남겨진 사람들에게 진짜로 남겨진 숙제의 의미 말이다. 록현은 어느 사이 창에 머리를 기댄 채 소리 없이 울고 있었다. 아픔이… 기억을 끌어안고 심연으로 가라앉고 있었다.

13

　김현주라는 이름으로 살았던 하얀 가루가 강에 뿌려졌다. 따스했던 눈빛도, 정겨웠던 미소도 모두 한 줌의 재가 되어 물속으로 사라지고 있었다. 현성의 손을 떠난 그녀는 남겨진 사람들의 마음속에 가득한 흔적들만큼 수많은 물무늬를 강물 위에 수놓고 있었다. 나룻배에 함께 앉은 현성과 요한은 그렇게 현주와 작별하며 슬픔 속에 떠있었다.

　현주의 유품을 정리하고 마음을 추스르다 보니 어느덧 일주일이 지나갔다. 부슬부슬 내리던 가랑비가 그치고 쌀쌀한 밤이 되자 현성과 요한은 읍내의 허름한 포장마차에 들렀다. 휘이잉-. 틈이 벌어진 나무 문짝을 비집고 제법 매서운 바람이 들이쳤다. 짧게 머리를 자른 현성은 소주를 잔에 채우며 요한을 쳐다보았다.
　"미납된 병원비는 곧 해결할 거니까 형은 걱정하지 마."
　현성이 소주잔을 단숨에 비우며 말했다.
　"너 혹시 적금 깨려고 그래?"
　고개를 저으며 현성이 다시금 빈 잔에 소주를 채워 넣었다.
　"형도 알다시피 나 자격증 세 개나 있잖아."
　딸깍딸깍 나무 지지대에 걸쳐있는 노란 전구가 바람에 흔들거렸다.
　"그래서 말인데…."

요한은 현성이 갑자기 무슨 소리를 하려는지 귀를 쫑긋 세웠다. 현성은 주머니를 뒤적거려 명함 한 장을 꺼내 요한 앞에 내밀었다.

"이게 뭐냐?"

요한은 의아스러운 얼굴로 명함을 집어 들었다.

"형도 알잖아? 내 동창 건주."

"건주? 아! 건어물집 스프링? 양건주?"

현성은 고개를 끄덕이며 짧은 머리가 어색한 듯 문질렀다.

"내가 낮에 전화해서 잠깐 좀 봤거든?"

요한은 명함을 들여다보고는 눈을 동그랗게 떴다.

"어라? 건주 명함이네?… 광산 건설 현장 소장?"

현성이 소주잔을 만지작거리며 말했다.

"내가 소문은 들어서 진작 알고는 있었는데 건주가 저 너머 쌍 고개 터널 공사 현장 소장이더라고."

고개를 갸웃해 보인 요한은 현성을 쳐다봤다.

"그래서, 너?"

현성은 희미한 미소를 지어 보였다.

"두어 달만 고생하면 될 거 같아. 마침 용접기사도 필요하다니까."

요한은 미간을 찌푸리며 목소리를 높였다.

"야, 그거 무슨 소송 걸려서 한동안 방치됐었던 거 아냐? 이제야 공사한다고 듣긴 들은 거 같은데… 근데 하필 겨울에 무슨 생고생할 일 있냐?"

현성은 소주를 잔에 따르며 한숨을 내쉬었다.

요한의 반대를 무릅쓰고 공사 일을 시작한 현성은 12일이 지나서야 본격적으로 현장에 투입되었다. 현성은 그사이 록현에게 한 통의 문자를 보냈다.

「록현 씨, 마무리 지을 일이 있어서 아직 남아있어요. 2주 후면 볼 수 있으니 그때까지 참아야겠네요. 많이 보고 싶습니다.」

현성은 록현 생각이 떠오를 때마다 당장이라도 달려가고 싶었지만, 이 기회에 누나의 밀린 병원비를 어떻게든 해결해야만 했다. 적금을 해지할 수도 있었지만 5년 만기가 이제 3개월밖에 남지 않은 상황이기에 그동안 자신이 성실하게 채워온 시간과 노력은 정당하게 보상받고 싶었다. 그래서 일단 공사 진행에 집중하고 일이 없는 셋째 주말에 록현을 찾아가기로 마음먹었다. 현성은 하루하루가 지날 때마다 그리운 마음으로 록현과 지중해 카페를 생각하며 잠자리에 들었다. 록현이 답장해준 문자를 들여다보면서.

「기다릴게요, 현성 씨.」

싸리 눈이 자주 내리는 공사 현장은 하루에도 수십 대의 대형 트럭이 줄지어 드나들었다. 조별로 나뉜 작업자들은 길게는 8시간 동안 어둡고도 긴 통로 안에서 쉬지 않고 각자의 작업에 매달려야만 했다. 공사 기간 단축 명령에 따라 서둘러야 하는 터널 공사장에서 멈추지 않고 들려오는 묵직한 중장비 소리에 온종일 귀가 먹먹해져왔다. 시도 때도 없는 발파와 뿌연 먼지 속에서 흙더미와 돌덩이를 실어 나르는 고된 굴착 작업의 연속이었다.

그런 와중에 현성은 잠시 숨을 돌릴 때마다 록현을 떠올렸다. 시간이 지날수록 록현이라는 그리움이 차곡차곡 쌓여 점점 견디기 힘든 감정으로 다가왔다. 엄밀하게 말하자면 현성에게 록현이 채워지고 있었다. 현성은 그제야 깨달았다. 누군가를 진정 좋아하고 그리워한다는 것은 시간과 공간의 한계를 극복하기도 하는 것이라는 것을. 마음속에서 대화하고, 만지고, 서로의 눈빛을 들여다보는 것만으로도 생생하게 느낄 수 있다는 것은 기적과도 같은 일이었다. 사랑이라는 것은 그렇게 존재해가는 것이었다. 내 마음의 그리운 대상이 세상에 존재하는 한 그리고 그 대상이 어디에선가 나를 반드시 기다려주고 있을 것이라는 믿음이 있는 한 어떤 물리적인 것으로도 그 그리움은, 그 사랑은 절대로 떼어놓을 수 없는 것이었다. 적어도 그 사건이 발생하기 전까지의 현성 생각은 그랬다.

순식간이었다. 모든 것이 비현실적이었고 감각조차도 느낄 수 없는 극한의 공포가 현성에게 엄습해왔다. 터널 안의 흙더미가 무너져 내린 것은 오후 4시가 조금 지난 시간이었다. 현성은 자신을 덮쳐왔던 그 생소한 꿍음과 감당할 수 없는 엄청난 무게를 경험했다. 그리고 지금 그 무엇인가가 자신의 몸을 짓누르고 있다는 것이 몹시 불편하다고 생각했다. 온 신경이 마비된 듯 몸에 아무런 고통이 느껴지지 않아서였다. 오히려 현성을 괴롭게 만든 것은 무기력과 형용할 수 없는 답답함이었다. 빛도 소리도 한순간에 사라져버린 완전한 어둠 속에서 현성은 아무것도 할 수가 없었다. 몸을 미세하게 움직이는 것도 힘들었다. 숨조차 제대로 쉴 수가 없었다.

얼마나 지났을까? 무의식의 깊은 곳에서 연기처럼 올라오는 모든 생각이 점차 두려움으로 바뀌면서 이상한 증상이 온몸을 조여 오기 시작했다. 그것은 평생 현성이 한 번도 겪어보지 못한, 상상할 수도 없었던 고통이었다. 현성은 얼굴 전체를 덮고 있는 흙더미 속인데도, 눈이 이렇게 아프고 따가운데도 눈물이 울컥 쏟아져 나왔다. 고통이 점점 온몸으로 퍼져나가고 있었다. 침을 질질 흘리고 있는 현성의 입에서 신음이 새어 나왔다. 현성은 꺼져가는 의식을 간신히 붙잡고는 생각해냈다.

자신이 지금 록현을 무척이나 보고 싶어 한다는 것을…
그런데 어쩌면 다시는 보지 못할 수도 있다는 것을…
그리고…
그리고…

록현을 너무도 사랑하고 있다는 것을….

14

록현은 현성을 기다리고 기다렸다. 그러나 시간이 흐르고 어느새 한 해의 끝자락이 되었을 때, 어쩌면 현성이 영영 오지 않을 수도 있다는 생각이 처음으로 들었다. 어떤 이유인지는 몰라도 정말 그럴 수도 있겠다는 생각이 문득 들었다. 현성의 문자를 받고 두 달이 지날 무렵, 록현이 통화를 시도한 그때부터 현성의 핸드폰은 계속 연결이 되지 않았다. 그리고는 어느 순간부터 먹통이 된 상태였다. 무슨 일일까 싶어 내심 걱정스럽기도 했지만 록현은 현성에게 달리 연락할 방법이 없었다. 절대 그럴 리가 없다고 믿고 싶었지만 혹시나 모를 사고를 당했다면…. 그럼? 그렇다면? 록현은 혼란스러웠다. 이런 경우 어떻게 해야 할지 확실한 매뉴얼이라도 있었음 싶었다. 이전에는 경험하지 못했던 짙은 그리고 푸른 생각들이 뒤엉켜있는 것만 같은 불안하고 긴 겨울이었다.

하늘을 뒤덮은 구름 사이로 희뿌연 햇살이 간신히 모습을 드러낸 오후였다. 지중해 현관 앞의 나무 계단에 앉아 코코아를 마시고 있던 록현은 문득 뜰 한곳에 시선이 고정되었다. 작은 울타리 곁으로 거짓말처럼 노란 꽃이 피어있었다. 겨울에 피어난 꽃이라니? 믿기지 않는 광경에 눈을 동그랗게 뜨고 노란 꽃으로 다가갔다. 가까이에서 보니 잎은 어긋나고 깃털처럼 갈라진 그 모습이 마치 코스모스와 흡사했다.

순간 카페에서 함께 일했을 때 현성이 해준 말이 떠올랐다.

"이야, 여기 복수초가 있네요? 이거 겨울에 피는 꽃인데 아세요?"

그랬다. 이게 복수초라는 꽃이었다. 그때 현성이 설명해준 말이 생각났다.

"사장님, 이거 꽃말이 뭔지 아세요? 동양과 서양이 각기 다른데… 아마 세상에서 반대되는 꽃말을 가진 유일한 꽃일 겁니다."

"그래요? 뭔지 궁금하네요?"

록현이 대꾸하자 그때 현성은 진지한 얼굴로 얘기했었다.

"동양에서는 영원한 행복인데 서양에서는 슬픈 추억이에요."

"그렇구나. 근데 현성 씨는 이런 걸 어떻게 아세요?"

록현의 질문에 현성은 머리를 긁적이며 대답했었다.

"사실 제 누나가 제일 좋아하는 꽃이라서 그냥 알게 된 거예요."

그때 록현은 현주의 존재를 처음 들었지만 관심을 두지 않았다. 나중에 그렇게 만나게 될 줄, 그렇게 헤어지게 될 줄은 꿈에도 몰랐으니까. 록현은 복수초를 유심히 들여다보았다. 그리고는 혼잣말로 중얼거렸다.

"영원한 행복… 슬픈 추억…."

현성의 말대로 하나의 꽃인데도 이렇게 상반되는 꽃말이 있을까 싶었다. 그건 마치 지금 자신의 처지를 대변한 말 같았다. 이 꽃말을 알려준 그가 지금 당장이라도 나타난다면 뒤바뀔 운명처럼 말이었다. 그때였다.

"뭐 하세요?"

목소리에 놀라 록현이 뒤를 돌아보았다. 어느새 카페 뜰에 차를 세운 30대의 여인이 차에서 내리며 어깨를 으쓱해 보였다.

"잘 지냈죠? 록현 씨!"

"윤 작가님!"

록현은 반가운 목소리로 그녀를 반겼다. 동그란 패션 안경을 낀 그녀의 어깨에는 카메라 가방이 걸려 있었다.

"오랜만이에요."

맑은 목소리를 지닌 윤 작가는 다가와 록현의 손을 덥석 잡았다.

"그동안 연락 없으셔서 궁금했는데 정말 반갑네요."

록현의 말에 윤 작가는 장난기 어린 표정으로 록현을 노려보았다.

"반갑다고요? 어흥! 록현 씨 잡아먹으러 왔는데?"

둘은 서로를 바라보며 꺄르르 웃었다. 그녀는 록현의 좋은 멘토이자 친구였다. 세 살이 많았지만, 항상 부드러우면서도 속 깊은 조언을 잘 해주던 그런 존재였다. 그래서 그런지 록현도 윤 작가를 만날 때면 마음이 편했고 항상 언니처럼 잘 따랐다.

"후훗, 별일 없었어요?"

록현은 잠시 윤 작가를 바라보다가 고개를 끄덕였다.

"네, 근데 작품전 준비는 잘 되세요?"

"아직요. 사는 게 계획대로 되는 거 있나, 뭐. 안 그래요?"

윤 작가가 록현에게 어깨동무하며 카페를 향해 걸음을 뗐다.

"제가 맛있는 커피 타드릴게요."

"내가 커피 생각나서 여기까지 달려온 거 티가 나나 봐? 어머, 눈발이 날리네?"

　록현은 하늘을 올려보았다. 순식간에 어두워진 하늘에서 싸리 눈이 어지럽게 내리고 있었다. 록현은 그녀가 즐겨 마시던 카푸치노를 만들었다. 마무리로 시나몬 가루까지 솔솔 뿌려 겨울에 방문한 사진작가에게 잘 어울리는 음료를 완성했다. 록현은 우울한 마음을 달래줄 벗이 불쑥 찾아온 것이 너무나도 감사했다.

　"어? 록현 씨! 봐봐!"

　소소한 얘기를 나누고 있던 윤 작가가 가리킨 창밖에는 거짓말처럼 함박눈이 소복이 쌓여있었다. 불과 한 시간 만에 바뀐 바깥 풍경에 록현은 어리둥절했다.

　"아니? 언제 눈이 이렇게나 왔죠?"

　"놀랍긴 하네. 그건 그렇고 우리 이럴 때 실내에만 있으면 너무 억울하겠지?"

　그녀의 말에 록현도 동의했다. 밖으로 달려 나간 둘은 하얀 세상을 만끽했다. 둘은 아이들처럼 신나게 눈발 자국을 찍어댔다. 윤 작가는 눈사람을 만들기 위해 열심히 눈을 굴렸다. 록현은 나뭇가지를 주워와 눈과 입을 만들었다. 마침내 완성된 눈사람은 어딘지 조금 어설퍼 보였다. 전체적으로 균형이 맞지 않는 못생기고 조금은 슬퍼 보이는 눈사람이었다.

　"록현 씨… 이거 봐, 뭐가 잘못된 거지? 너무 슬퍼 보이지 않아?"

　"글쎄요. 어쨌든 눈사람은 눈사람이니까 된 거죠, 뭐."

둘은 다시금 마주 보며 헤헤 웃었다. 발갛게 언 손을 호호 불며 윤 작가는 한동안 혼자 웃었다.

"춥네요. 들어가죠?"

"그럼 이제 핫초코 한잔?"

둘은 눈사람을 내버려두고 얼른 가게로 들어갔다. 며칠이 지나면 작아지다가 언젠가는 녹아 없어질 눈사람은 슬픈 표정으로 카페를 바라보고 있었다.

병실은 적막했다. 침대 머리맡에 켜져 있는 수면 등은 드러나는 모든 사물을 창백하게 비추고 있었다. 산소 호흡기를 낀 현성은 언제 깨어날지 모르는 길고 긴 잠을 자고 있었다. 하루 세 번, 새벽 5시 오후 3시 밤 9시가 되면 간호사들은 번갈아 가며 현성의 상태를 확인했다. 손에 들린 환자일지의 변함없는 기록처럼 그녀들은 한결같이 무표정했다. 이런 경우의 환자는 의식이 돌아오는 경우가 극히 드물었던 까닭에 간호사들도 현성을 이제는 생명체로 대하는 것 같지는 않았다. 경험상 꽤 오래 잠들어 있다가 허무하게 숨을 거두는 경우가 허다했기 때문이다. 병동 7층의 중환자실 분위기는 이렇듯 생명력이라곤 찾아볼 수 없는 차디찬 얼음 수납장 같았다.

요한은 밤을 주로 이곳 병실에서 보냈다. 그 긴 시간 동안 현성의 곁을 지키면서 얼마나 많은 한숨과 눈물을 쏟아냈는지 이제는 헤아릴 수조차 없었다. 현성이 사고 현장에서 67시간 만에 흙더미 속에서 극적으로 발견되었을 때도 요한은 그 자리를 떠나지 않고 탈진한 몸으로 기도하고 있었다. 현성이 죽지 않고 그 시간 내내 견뎌냈을 고통과 공포를 상상해볼 때마다 요한은 가슴이 철렁 내려앉는 것을 느꼈다. 정밀검사를 한 의료진의 설명에 의하면 현성의 몸은 정확히 27곳의 뼈가 부서져 있었다. 그리고 폐를 압박하는 극심한 고통으로 인해 정맥

혈전이 폐동맥 혈관을 막아 폐가 기능을 잃는 폐 경색증을 보인다고 했다. 현성은 그렇게 기적적으로 살아남은 세 명의 무리에 속했다. 쌍고개 터널 공사장 붕괴 사고에 관련된 정부의 공식 발표는 사망자 8명으로 집계되었지만 2개월 전에 치료 중 숨진 한 명과 일주일 전에 사망한 또 한 명의 생명을 추가하면 정확히 사망자는 10명이었다. 결국, 구조된 세 명의 인원 중에 현성을 제외한 모두가 죽음을 맞이하게 된 것이다.

안타까운 것은 사고 당일 현장에서 목숨을 잃은 소장 양건주의 사망 소식도 요한의 가슴을 아프게 했다. 어릴 적부터 현성이와 단짝이었던 건어물집 둘째 아들 건주는 그날 생일이었다고 한다. 유난히 머리가 곱슬곱슬해서 초등학교 때부터 스프링이라는 별명을 가진 건주는 농담을 잘 하던 정 많은 사람이었다. 요한은 건주를 마지막으로 본 그날을 떠올렸다. 현성이 본격적으로 일을 시작하기 전, 금요일 저녁에 요한은 현성과 건주와 함께 읍내 고깃집에서 반주를 곁들인 식사를 했었다. 헤아려보니 12년 만에 셋이 함께 한 자리였다. 오랜만에 둘러앉았는데도 마치 한 달 전에 만났던 사람들처럼 격의 없는 시시콜콜한 대화들이 오고 갔다. 예전에 비해 곱슬곱슬한 머릿결이 힘을 잃고 얇아진 건주는 눈가에 잔주름이 어색해 보일 정도로 변해있었다. 이제 스프링이 아니라 물 파래가 된 상태였다. 건주는 항정살을 불판 위에 구우며 한참이나 자신의 고생담을 늘어놓았다. 그리고는 화제가 두서없이 바뀌어가던 어느 틈엔가 요한을 보며 불쑥 말을 건넸다.

짙은 그리고 푸른

"그라믄 요한이 형은 평생 여자도 안 만나고 결혼도 안 하고 솔로로 지낸다? 에이, 그게 가능합니까?"

"야! 스프링 넌 이해할 수 없는 세계니까 신경 끄고 고기나 더 시키자."

현성이가 웃으며 맞받아쳤다.

"나 참, 현성아. 상식적으로 생각을 해봐라. 피가 철철 끓는 남자가 평생 여자랑 벽 쌓고 산다는 게 그게 말이 되냐? 더군다나 요한이 형 같은 사람이?"

"얌마! 내가 뭐가 어떤데?"

요한이 건주를 쳐다보며 목소리를 높였다.

"형, 기억 안 납니까? 내 고등학교 때 형이 누드 잡지 준 거? 마, 그 거 내 몰래 집에서 보다가 엄마한테 들켜가지고 나 완전 작살났다는 거 아닙니까?"

건주의 말에 현성은 킥킥대며 웃었다.

"야, 그땐 그런 호기심이 막 생겨나고 그럴 때니까 그런 거고….”

요한은 말하면서 멋쩍은 표정으로 헛기침을 했다.

"와, 그때 생각하면 지금도 식은땀이 나네. 엄마가 어디서 났냐고 다 그치는데 완전 초강력 울트라 공포였다니까? 길에서 주웠다는데도 엄마가 거짓말 말라면서 아귀포로 싸다구 날리고 그것도 모자라서 빨랫 방망이 같은 황태포로 머리통 한 오십 대 넘게 두들겨 맞았나? 하여튼 그때 생각하면 난 지금도 형이 미워 죽겠다니까요.”

"미안합니다, 형제님. 아니, 스프링 현장 소장님. 제가 다 회개했으 니 이제 용서를 구해도 되겠죠?”

넉살맞은 요한의 말에 건주는 마지못한 표정으로 소주잔을 받았다. 그때 현성이 고개를 갸웃하더니 목소리를 높였다.

"잠깐! 건주야, 그거 혹시 표지에 여자가 미국 국기 거, 성조기 모자 쓰고 있는 잡지 아니었냐?"

"어라? 현성이 네가 그걸 어떻게 아는데?"

놀란 건주는 현성을 멀뚱히 쳐다보았다.

"어떻게 알긴? 내가 네 형한테 받은 거를 요한이 형한테 줬으니까 알지."

현성의 말을 들은 양건주의 눈이 휘둥그레졌다.

"뭐라? 진짜?"

요한이 흠흠 목소리를 다듬더니 끼어들었다.

"솔직히 그 잡지 건식이가 집에서 숨겨놓기가 그렇다고 해서 어느 날 현성이한테 준 거를 현성이가 나한테 넘긴 거지. 난 그걸 다시 너한테 준 거고."

건주는 기가 찬 듯 현성과 요한을 번갈아 보았다.

"와! 그럼 그게 뺑글뺑글 돌다가 결국 나한테 와서 재수 없게시리 엄마한테 들통이 난 거네?"

"듣고 보니 네 형 건식이가 걸릴 걸 네가 대신 폭탄 맞은 거구만."

요한의 말을 듣고는 셋은 어이없다는 표정으로 웃으며 건배를 했다.

"세상에 건어물집 아들이라고 싸다구도 아귀포로 맞았단다. 야, 너희 집은 애를 혼내는 것도 스케일이 달랐구나."

요한은 약 올리듯 건주를 바라보았다.

"형, 그게 진짜 아프긴 한데 근데 아픈 것보다 뭐랄까? 맞으면 기분이 무지하게 드러워요."

건주의 말에 다시금 웃음이 터져 나왔다. 문득 요한이 한숨을 쉬며 말했다.

"아귀포, 황태포로 맞아가면서 자란 스프링 양건주가 이제는 현장 소장님이 돼서 현성이한테 일감을 다 주고 말이야. 이런 거 보면 진짜 알 수 없는 게 인생이야. 안 그러냐? 현성아?"

현성은 대답 대신 미소로 답했다. 건주가 연기가 피어오르는 돼지고기를 뒤집으며 목소리를 높였다.

"그러게요. 정말 사는 거 알 수가 없어요, 그쵸?"

"건주야, 사실 난 현성이가 그 공사장에서 일한다기에 얼마나 말렸는지 아냐?"

"에이, 까짓거 두 달만 고생하면 되는데 뭔 걱정이래요? 그 일 하려고 업체 통해서 줄 선 사람이 얼마나 쎘는데. 난 그래도 현성이가 성실하고 하니까 일 준 거지 사실 이런 경우는 드물다니까요."

건주는 큼직한 고기를 상추에 싸 먹으며 소주 한 병을 더 주문했다. 그것이 그들의 마지막 만남이었다. 이제는 다시는 돌아갈 수 없는 시간 속의 기억만이 존재할 뿐이었다. 누드 잡지도, 아귀포 싸다구도, 스프링 양건주의 걸쭉한 목소리도….

사고가 발생한 그 날, 청천벽력 같은 비보를 듣고 만삭의 몸으로 장례식장에 달려온 건주의 아내는 남편의 영정을 보자마자 실신해서 병원으로 실려 갔다. 요한은 매스컴에서 사건 보도가 서서히 사라질 무렵 양건주의 납골 묘지에 찾아가서 한동안 눈물을 쏟아냈다. 인생이라는 것은 정말 짧고도 예측할 수 없는 한낮의 소풍과도 같았다. 그런 소풍 동산에서 현성은 악착같이 지금도 혼자서 생명을 끈질기게 붙잡고 있었다. 요한은 알았다. 현성이 4개월이 지나도록 호흡기를 꼽은 채 죽은 듯이 누워있지만 살아남기 위해 매 순간 발버둥 치고 있다는 것을. 그리고 깨어나야 할, 반드시 깨어나야 할 이유가 있다는 것을. 요한은 오랫동안 현성을 지켜보아서 잘 알고 있었다.

16

시간은 어느새 계절을 바꾸어 놓고 있었다. 록현의 앞에 계약 서류가 놓였다. 록현은 잠시 서류를 바라보고는 한숨을 내쉬었다. 봄기운이 물씬 풍기는 창밖에서 새들이 지저귀는 소리가 들려왔다.

"이제 다 된 거죠?"

서류를 받아 든 록현이 젊은 남녀에게 고개를 끄덕여 보였다.

"그런 거 같네요."

록현은 카페 키를 건네준 다음 놓여있는 커피를 한 모금 마셨다. 이것으로 지중해는 록현과 이별하고 새 주인이 생긴 첫날이 되는 것이었다. 록현은 마지막이 될 가게의 곳곳을 시선으로 훑었다. 지난 시간 동안 정도 많이 들었지만, 자신의 결정에 후회하고 싶지는 않았다. 록현은 몸을 일으키며 젊은 주인에게 인사하고는 현관으로 걸어갔다. 문고리를 잡는 순간, 잠시 머뭇거리다가 다시 몸을 돌려 젊은 주인을 쳐다보았다.

"저… 그리고 혹시, 어떤 남자가 와서 저를 찾으면…."

순간 목이 잠기며 더 이상 말이 나오질 않았다. 새 주인은 록현을 쳐다보며 다음 말을 기다렸다. 그러나 이내 고개를 가로저었다.

"아닙니다, 아무것도…."

다정한 토끼 한 쌍처럼 붙어 앉은 남녀는 록현을 물끄러미 바라보았다. 록현은 딸랑거리는 현관 종을 살며시 만져보았다. 이제 이 익숙한 소리와도 이별한다고 생각하니 기분이 묘해졌다. 터프돌이는 고민 끝에 그제 집으로 옮겨놓은 것은 그나마 잘한 일이라 생각됐다. 록현은 현관 은색 종과의 인사를 끝으로 지중해 카페 문을 열고 봄이 기다리고 있는 밖으로 나갔다.

　가게를 정리하게 된 이유는 사실 현성을 기다리는 것도 지쳐갔지만 무엇보다 자신이 점점 무기력하게 변해가는 것이 제일 큰 원인이었다. 그래서 카페 일도 손에 잘 잡히지 않게 되자 모든 것을 정리하고 무엇인가를 해야겠다고 마음먹게 된 것이었다. 사실은 다시 글을 쓰는 일에 몰두하고 싶었다. 열정적인 일을 하지 않으면 이대로 죽을 것만 같았다. 제발 시간이 지나면서 그 모든 일이 다 꿈처럼, 자고 깨면 잠시 여운만 남는 그런 꿈처럼 느껴지는 그런 순간이 오게 해달라고 록현은 기도했다.

　사실 그것은 자신이 강해져야만 가능한 일이었다. 그 사실을 록현은 잘 알고 있었다. 외롭고 속상했지만 그리고 미치도록 그리웠지만 이제 그 모든 감정으로부터 이별을 고해야만 했다. 그 첫 번째 단추가 정든 지중해와의 작별이었고 두 번째가 당분간 혼자만의 중심을 잡기 위해 핸드폰을 없애는 일이었다.

　록현은 핸드폰을 없애기 전에 그동안 끊임없이 문자를 보내온 한 친구를 떠올렸다. 그것은 고등학교 동창인 이미란이었다. 미란과 굳이 통화하지 않게 된 특별한 이유는 없었지만 록현은 친구 중에서도 왜

유독 미란을 피했는지 생각해보았다. 외교관 아버지를 둔 미란에게 느꼈던 상대적 박탈감? 그건 어느 정도 맞는 말이었다. 퍼즐처럼 빠져나간 자신의 가족 구성원에 비해 미란은 비교할 수 없을 만큼 행복하고 완벽한 가족이 존재했다. 미란이 그 배경을 자랑하는 방식은 록현이 상상할 수도 없는 가족 여행담을 늘어놓는 것이었는데 그것은 거의 언제나 비슷했다. 그럴 때마다 록현은 미란이 마치 제게 그 이야기를 해주기 위해서 여행을 다니는 것처럼 느끼고는 했다. 적어도 그 당시에 생각하기에는 그랬다. 사실 미란이는 어떠한 악의를 품고 접근했던 것은 아니었겠지만 록현은 상대적으로 한없이 작아 보이는 자신이 싫어서 숨곤 했다. 정말 그랬다. 어느 사이 스스로 만든 성에 갇혀 지금까지도 고개를 들지 못하고 있었던 것이었다. 그런데 자신이 만든 그 성은 한낱 모래성에 지나지 않았음을 현성을 기다리면서 깨닫게 되었다. 지중해 카페도 영원한 안식처가 아니었고 사람들을 피해 등을 돌렸던 것도 결국엔 거울에 비친 자신의 초라한 뒷모습일 뿐이었다. 서로 핸드폰 번호까지 외울 정도로 친했던 윤 작가가 사람들과의 관계에서 예외일 수 있었던 것은 그런 록현의 상처를 절대 건드리지 않고 현재의 있는 모습 그대로 끌어안아주었기에 가능한 일이었으리라…

핸드폰을 만지작거리던 록현은 미란이가 보내온 수많은 문자를 바라보다가 어느 순간 통화 버튼을 눌렀다.

서울은 여전히 복잡하고 정신이 없었다.

"이록현! 살아있었니? 나 지금 실종신고 하러 가는 길이었잖아!!"

핸드폰을 통해 들려왔던 미란이의 목소리는 반가움에 떨려왔다. 그 목소리를 듣는 순간 록현은 자신이 얼마나 소심하게 살아왔는지 새삼 깨달았다.

카페 문을 열고 들어오는 미란의 모습은 예전과는 사뭇 달라져 있었다. 삼 년이라는 시간은 고정된 기억을 흐트러트리는 힘을 지니고 있었다. 과하지 않은 색조 화장에 세련되고 단조로운 귀걸이를 한 미란은 짧은 커트 머리를 하고 있었다. 삼 년 전의 분위기보다는 더 성숙하고 여유로운 얼굴이었다.

"빨리 왔네?"

"그럼! 이산가족 상봉인데 날아서라도 와야지."

미란이 록현에게 장난스럽게 양 주먹을 쥐어 보이며 맞은편에 앉았다.

"정말 반갑다. 이게 얼마 만이니?"

밝게 웃는 미란의 붉은 입술 사이로 시원시원한 건치가 드러났다.

"명희 결혼식 때 보고 못 봤으니까 벌써 삼 년이 넘었다, 그치?"

"시간 정말 빠르네."

록현이 동의하며 싱긋 웃었다. 미란은 서운한 듯 그녀를 째려보았다.

"기지배, 그동안 통화 한번 안 되기에 진짜 세상이랑 담쌓은 줄 알았는데…. 근데 카페는 언제 정리한 거야?"

"일단 커피부터 시키자."

오랜만에 회포라도 풀듯이 미란은 두서없는 이야기를 주저리주저리 늘어놓았다. 자신이 몸담고 있는 인테리어 디자인 회사의 재수 없는 동료들 얘기로 시작해서 여행지에서 맛본 색다른 요리에 이르기까지 다양한 주제가 오르내렸다. 하지만 이상하게도 늘 습관처럼 튀어나오던 아버지 얘기는 꺼내지 않았다. 언젠가 동창 현아에게 전해 들었던 소문대로 어떤 불미스러운 일로 인해 관직을 떠났다는 말이 사실인 듯싶은 의구심이 들었다. 어느새 김이 모락모락 나던 커피는 마른 바닥을 드러냈다.

"근데 제일 멀쩡한 너하고 나 빼곤 다 갔네."

나이가 들어서는 역시 결혼 얘기를 빼놓을 수가 없었다. 미란은 그제야 친구들의 소식을 전해주었다. 알던 친구들은 이미 다 가정을 꾸렸다는 것과 유미는 지난달에 아기를 가졌고, 현아는 첫째를 유치원에 보낸 상황이라는 등….

"도대체 무슨 세월이 이렇게 후다닥 지나가는지 모르겠다. 너랑 쫄랑쫄랑 다녔던 게 엊그제 같은데 말이야!"

일방적으로 떠들어대던 미란은 잠시 말을 멈추고는 재충전을 하는 듯이 커피를 한 잔 더 주문했다. 창밖에 시선을 고정한 채로 록현은 씁쓸하게 웃어 보였다.

"너, 그 산속에서 장사한 게 오 년이나 됐으면 이제 뭐 딴 거 찾지 말고 그냥 시집이나 가지 그러니? 에휴, 아니다. 누가 누구한테 그런 소릴 하냐."

미란은 턱을 괸 채 록현의 옆모습을 찬찬히 바라보았다. 이록현은 예전과 다를 바 없이 조용했고 깊은 갈색 눈망울은 여전히 별처럼 반짝거렸다.

"너 말대로 그냥 아무 남자한테나 덜컥 시집이나 가버릴까?"

록현이 힘없이 말하자 미란은 묘한 표정을 지어 보였다.

"…만나는 남자 있어?"

"아니, 너는?"

"글쎄?"

록현은 미란의 미적지근한 반응이 마음에 들지 않는지 새침하게 쏘아붙였다.

"그런 대답이 어딨어?"

"그냥 사귀는 사람이라고 해야 하나? 친구라고 해야 하나? 모르겠다."

미란은 물 잔을 들이키며 어깨를 으쓱해 보였다.

"심심할 때 영화 보고 밥 먹는 정도? 어떤 날은 그냥 확 이 사람이랑 결혼할까 하다가도 어떨 땐 얼굴만 봐도 질리고… 에휴. 근데 록현아."

"…응?"

록현이 미란을 보았다. 그녀는 어딘가 많이 외로워 보였다.

"오랜만에 내 오피스텔 가서 잘래? 우리 한잔하면서 옛날얘기도 하고 어때?"

"…괜찮겠어? 내일 출근도 일찍 하잖아."

"지지배, 내 걱정은 말고."

록현과 미란은 마주 보며 쿡쿡 웃었다. 오늘만큼은 같은 처지로 만난 사람들처럼 편하게 느껴졌다. 둘은 곧바로 카페를 나와 편의점으로

짙은 그리고 푸른

향했다. 미란은 간단하게 먹을거리를 사자고 해놓고선 계산대에 물건을 산더미처럼 쌓아놓았다. 육포, 김밥, 캔 맥주, 과자, 아이스크림 등등….

"얘, 뭘 이렇게 많이 사!"

"이게 뭐가 많다고 그래."

미란은 어깨를 으쓱해 보이며 카드를 꺼냈다.

"야아, 내가 계산할게."

"아냐, 그래도 내 손님인데."

"손님은 무슨…."

엉덩이로 미란을 밀쳐낸 록현은 지갑을 열어 카드를 점원에게 내밀었다.

"하여간 기지배 고집은."

록현과 미란은 피식 웃으며 봉지를 각각 나누어서 챙겨 들었다. 오피스텔로 향하는 길에서 잠시 멈춰선 미란이 록현을 그윽한 눈으로 바라보았다.

"정말 좋다!"

"뭐가?"

"그냥. 간만에 너랑 같이 잠도 자게 돼서."

록현이 고개를 끄덕여 보이자 미란이 음흉한 미소를 흘렸다.

"오늘 밤에 네 가슴이나 실컷 만져봐야지!"

"…징그러워, 얘!"

미란은 낄낄대며 손사래 치는 록현에게 마구 간지럼을 태웠다. 장난

치다가 록현은 문득 하늘을 올려다보았다. 미란도 록현을 따라 시선을 허공으로 향했다.

"별이 없다, 그치?"

"서울 하늘이 그렇지 뭐."

"나 작년에 바다 갔었는데 거긴 정말 별이 쏟아질 것처럼 많았다?"

록현의 말에 미란은 미심쩍은 표정을 지어 보였다.

"바다? 누구랑?"

아무 대답이 없자 미란의 눈꼬리가 올라갔다.

"너어? 남자지, 너!"

"몰라!"

피식 웃음을 터뜨린 록현은 자신도 모르게 한숨이 새어 나왔다.

"어라? 이런 내숭을 보게?"

록현은 오피스텔을 가리켰다.

"저기 보이는 오피스텔이라 그랬지? 우리 누가 빨리 가나 시합할까?"

록현은 미란을 제치고 냅다 달리기 시작했다. 거추장스러운 봉지를 달랑달랑 들고 꽤 잘 뛰었다.

"이록현! 야! 너 잘 걸렸다."

미란은 어이없는 표정으로 록현을 뒤쫓았다.

"이, 록, 현! 거기 안 서!!"

오피스텔 앞에 멈춰선 록현은 가쁜 숨을 몰아쉬며 뒤를 돌아보았다. 마찬가지로 숨이 턱까지 차오른 미란이 원망스러운 눈빛으로 소리쳤다.

"어휴… 숨차. 너, 나 심장마비 걸리면 책임져."

　높게 솟은 오피스텔의 빌딩 내부는 깔끔했다. 대리석으로 된 로비 바닥은 반짝반짝 윤이 났다.

"몇 층에 살아?"

"나 잡으면 가르쳐주지!"

　이번에는 미란이 먼저 달리기 시작했다. 록현은 엘리베이터를 향해 필사적으로 달려가 미란과 함께 몸을 실었다. 깔깔거리는 웃음소리가 로비를 가득 울렸다.

　엘리베이터는 5층에서 열렸다. 미란이 총알처럼 빠르게 달려 나왔고 록현이 그 뒤를 쫓았다. 잔뜩 신이 난 미란은 경쾌하게 내달렸고 록현은 속력을 줄여 천천히 걷기 시작했다. 뒤를 돌아보며 승리를 만끽하던 미란은 봉지를 잠시 내려놓고 도어락 버튼을 눌렀다. 그런데 그 순간 열리는 문에서 웬 낯선 사내가 후다닥-. 뛰어나왔다. 그리고는 미란에게 거칠게 입을 맞추었다.

"읍!"

　사내는 저항하는 미란을 거칠게 밀어붙이며, 아예 그녀의 입술을 빨아들이다시피 했다. 소리 지를 틈도 없이 순식간에 벌어진 일이었다. 눈앞의 광경에 너무도 놀란 록현은 심상치 않은 일임을 직감했다.

"아악!"

　봉지를 팽개친 록현은 소리 지르며 사내에게 뛰어갔다. 놀란 사내가 맞추던 입을 떼고 록현을 바라보았다. 록현은 사내를 있는 힘껏 밀쳐

내며 미란을 자신의 뒤로 숨겼다. 건장한 사내는 눈이 휘둥그레졌다.

"당신 뭐야! 가까이 오지 마!"

록현은 소리를 질렀다. 사내는 당혹스러운 표정으로 미란과 록현을 번갈아 보았다.

"가까이 오지 마, 소리 지를 거야!"

록현은 벗겨진 미란의 하이힐을 집어 들고 휘둘러댔다.

"록현아….."

난처한 미란은 사내의 눈치를 보면서 록현의 이름을 불렀다.

"미란아! 지금 뭔 상황이야 이거!"

오히려 사내가 미란의 이름을 부르자 록현은 순간 멈칫했다. 미란은 고개를 숙인 채 한숨을 쉬었다.

"록현아, 내 친구야….."

"뭐…?"

"이 사람이 영석 씨야."

"……!"

옷을 추스른 사내는 목을 가다듬으며 고개 숙여 인사했다.

"오해하셨나 본데 미란이 친구 이영석입니다. 장난 좀 친다는 게… 놀라셨죠?"

록현은 얼굴이 후끈 달아올랐다. 왠지 자신만 이상한 사람이 된듯했다.

"난 친구분이랑 같이 올 줄은 생각도 못 했지."

"올 거면 미리 전화했어야지. 나 오늘 친구랑 잘 거란 말이야."

미란이 하이힐을 신으며 꾸짖자 영석은 머리를 긁적였다.

"그래? 그럼, 할 수 없지 뭐."

록현이 남자와 미란을 번갈아 보며 끼어들었다.

"아… 아니에요. 미란아. 나 사실 어디 갈 데가 있었거든. 그냥 이분이랑 시간 보내."

록현은 바닥에 떨어져 있던 편의점 봉지를 주워 미란 앞에 내려놓았다.

"록현아!"

미란이 록현의 팔을 붙들었다.

"괜찮아! 다음에 봐."

"너 정말 왜 이래? 영석 씨는 그냥 지나가다 들른 거라니까…"

미란의 만류에도 록현은 아랑곳하지 않았다. 그저 어떻게든 이 상황을, 아니 이 현장을 벗어나고 싶었다. 부끄러움과 설명할 수 없는 서운함이 목을 타고 올라왔다.

"정말 괜찮대도? 가볼게."

록현은 영석에게 인사를 하고는 몸을 돌렸다. 영석도 정중하게 고개를 숙였다. 어쩔 줄 몰라 하던 미란은 엘리베이터 버튼을 누르는 록현에게 소리쳤다.

"록현아, 내가 전화할게! 알았지?"

록현은 고개를 돌려 미소를 지어 보이고는 엘리베이터 버튼을 눌렀다.

"야! 이거 내가 못 올 데 온 거냐?"

"어휴, 정말… 쪽팔려서 못 살아!"

닫히는 엘리베이터 문 안으로 미란과 영석의 목소리가 들려왔다.

그날 밤, 꿈속에서 록현은 바다 한가운데 서 있었다. 위협적인 파도
가 주위를 에워싸고 금세라도 그녀를 삼킬 듯이 넘실거렸다. 그곳을
벗어나려고 버둥거려봐도… 사진 속 정지화면처럼 꼼짝을 할 수가 없
었다. 바다가 그렇게 요동치고 있었지만 그저 아지랑이처럼 제자리에
서 울렁거릴 뿐이었다.

새벽 찬 공기가 록현을 깨웠을 때 베갯잇은 이미 축축하게 젖어있
었다.

17

저녁 식사를 마치고 음료수를 사 들고 온 요한은 현성에게 다가가 습관처럼 얼굴을 들여다보았다. 역시나 아무런 기적이 없었다. 요한은 침대 옆의 간이 의자에 걸터앉았다. 현성이 산소마스크에 의존해서 호흡을 유지한 지 육 개월이 지나고 있었다. 그사이 현성은 두 번에 걸쳐 수술을 받았고 정확히 세 번 병실을 이동한 후에 지금의 일인 병실에 있게 되었다. 다행히 수술한 모든 부위의 흉터는 잘 아물었고 부서진 뼈들도 다 붙었지만 의식에는 아무런 변화가 없었다.

기적이 일어난 것은 종일 봄비가 세상을 적셨던 4월의 마지막 주 화요일 밤이었다. 그날 요한은 현성의 침대에 머리를 대고 엎드린 채 잠들어있었다. 읽고 있던 성경책의 활자가 어느 때보다 눈에 들어오질 않더니 결국, 쏟아지는 잠을 이기지 못하고는 침대 맡에 얼굴을 묻고 말았다. 그리고 한 시간이 흘러가던 어느 틈엔가 현성의 손가락이 아주 미세하게 꿈틀거리기 시작했다. 한 번… 두 번… 요한은 그때 퍼뜩 잠에서 깨어 기지개를 켰지만 이내 다시 잠들어버렸다. 십여 분이 흐르고 다시 현성의 손가락이 한 번 더 움찔거렸다. 그렇게 간헐적으로 사십여 분이 넘도록 현성의 움직임은 계속되었다. 문득 자세가 불편하다고 느낀 요한이 바닥의 간이 침상에 누우려고 게슴츠레 눈을 떴다.

습관적으로 현성을 들여다보고는 몸을 일으켜 바닥 침상에 누우려던 그 순간이었다. 스스슥, 슥슥-. 요한은 현성이 누운 침대에 놓여있는 자신의 성경책이 뭔가에 긁히는 소리가 나고 있다는 것을 알아차렸다. 이상한 느낌을 받은 요한이 몸을 다시 일으켜 성경책을 바라보았다. 그런데 거짓말처럼 현성의 손톱이 성경책 모서리를 아주 미미하게 긁고 있는 것이었다.

요한은 7층 병동의 간호사들을 어떻게 호출하였는지 잘 기억이 나질 않았다. 병실을 울리며 정신 나간 사람처럼 소리쳤던 자신의 모습과 복도를 울리는 발소리와 함께 울음을 멈출 수가 없었던 그 상황만이 기억날 뿐이다.

"현성아! 나 보여?"

요한의 목소리에 고개를 끄덕이며 눈동자를 움직여 주위를 둘러보던 그것이 현성의 첫 반응이었다. 그렇게 현성은 깨어났다. 요한에게 다시 돌아온 것이었다.

병동은 현성이 깨어난 얘기로 온종일 소란스러웠다. 간호사들은 그 환자가 깨어났다며, 정말 다행이라고 안도의 한숨을 쉬었다. 그도 그럴 것이 병원에 실려 왔을 때, 현성은 이미 죽은 사람이나 다름이 없었고 당장 죽어도 이상할 것 하나 없는 상태가 아니었던가. 그런데 그가 깨어난 것이었다. 그 끔찍한 사고에서 살아남은 유일한 생존자가 된 것이다.

절대 안정이라는 문구가 붙어있는 병실 입구는 온종일 드나드는 전문의들의 방문으로 인해 문소리가 끊이질 않았다. 현성이 그렇게 의식이 돌아오고 사물을 분간하고 말을 하기까지는 30시간이 지나서였다.

요한은 현성이 하루에도 세 차례나 부분적으로 정밀 체크를 하고 한 번의 채혈과 엑스레이 검사를 받는 동안에도 늘 곁에 붙어있었다. 예상치 못한 순간에 몸의 경련이 올 수도 있다는 의사의 주의 사항을 잘 지켜내야 했기 때문이었다. 그러나 결국 한 번의 경련은 찾아오고야 말았다. 그것은 현성이 양건주의 사망 소식을 뒤늦게 전해 들은 어느 날 밤이었다. 그때 현성은 마치 고장 난 탁상시계가 멈추지 않고 알람을 울려대는 것처럼 십여 분 동안을 쉬지 않고 침대에서 경련을 일으켰다. 눈이 뒤집히며 하얀 거품을 문 현성의 모습은 요한에게는 가히 충격적인 장면이었다. 얼굴빛이 파랗게 변한 현성은 진정제를 투여하고도 3분이 지나서야 겨우 잠잠해졌지만 밤새 식은땀을 흘리며 울어댔다. 요한은 현성이 받았을 충격을 이해했다. 친구 건주의 죽음을 받아들이는 것은… 그 고통의 질감을 다시금 떠올려야 했기 때문일 것이다. 그리고 건주가 그렇게 떠나갔다는 상실감은 아마도 현성이 감내하기에는 무척이나 힘든 일일 것이다. 그러나 안타깝게도 요한이 현성을 위해 해줄 수 있는 것은 아무것도 없었다. 그때 무너진 흙더미 밖에서 무기력하게 오직 지켜보고만 있었던 것처럼 말이었다.

그렇게 힘든 시간이 지나가면서 현성은 차츰차츰 상태가 호전되고 있었다. 어쩌다 병원 식사를 토해내기도 했지만 다행히도 또다시 경련은 오지 않았다. 다만 독한 약을 복용해서인지 시도 때도 없이 잠들다

가도 간간이 충혈된 눈으로 거친 숨을 몰아쉬곤 했다. 그럴 때마다 요한은 가슴을 쓸어내리며 현성의 손을 잡아주었다. 요한은 수척해질 대로 수척해진 현성을 지켜보면서 예전 현성의 아버지를 떠올렸다. 아내를 찾아 바다를 헤맸던 그 야윈 모습과 자주 겹쳐 보였기 때문이다. 바라건대 요한은 현성이 예전의 건강했던 본모습으로 어서 돌아오기만을 간절히 기도할 뿐이었다. 그러는 사이 어느새 5월이 지나가고 6월이 되면서 현성은 놀라운 회복력을 보였다. 6월의 둘째 주가 되자 무리 없이 혼자 걸음을 걷기 시작했고 이제는 어느 정도 일상생활을 할 정도로 좋아지고 있었다.

회진하던 담당 의사가 현성의 체온과 맥박을 체크하며 고개를 끄덕여 보였다.

"어지럼증은 좀 어떠세요?"

"괜찮아졌습니다."

현성은 한숨을 쉬며 힘없이 대답했다.

"체온은 정상인데 아직은 완전하게 회복된 게 아니니까 무리하게 움직이지 마시고요. 이 상태로 별 이상 없으면 3주 후쯤 퇴원 수속 밟아도 되겠네요."

말을 마친 의사는 레지던트들을 이끌고 우르르 병실을 빠져나갔다. 현성은 침대에 누워 멍하니 천장을 바라보았다. 의사의 말대로라면 이제 퇴원을 이십여 일 앞에 둔 상태였다. 현성은 죽음의 문턱에서 깨어나고 난 지금까지 마치 누군가가 자신의 시간을 짓밟고 뭉개서 덥석 베어 먹은 것만 같았다. 그렇지 않다면 이렇게 시간에 대한 감각이 사라질 리가 없었다. 현성은 문득 구사일생으로 구조된 자신에 대해 생각해보았다. 다시는 떠올리고 싶지 않은 그날의 악몽에서 벗어난 것은 정말이지 기적이라는 단어 외에 어떤 말로도 설명할 수 없었다. 그러나 한 가지 분명한 것은 그 시간 속, 그 장소에는 아직도 현성 자신이 파묻혀 있다는 것이었다. 아직도 그 기억 속에 묻혀있는 현성은 지금 병실에 누워있는 자신과는 전혀 다른 사람이었다. 그 사람은 형용할 수 없는 공포와 외로움 속에서 지금도 고통받고 신음하고 있었다. 현성은 어떻게 해서든지 그 사람을 이곳 병실로 옮겨놓고 자신과 완전한 하나가 되어야만 했다. 퇴원하기 전까지는 반드시 그 숙제를 해결해야 했다. 그렇지 않으면 그 사람은 매일 매일 현성의 머릿속에서 죽어나갈 것이고 또 매일매일 살아나서 반복되는 고통을 받을 것이다.

다음날부터 시작된 정신과 치료에서 현성은 외상 후 스트레스 장애를 극복하기 위해 누구보다 진지하게 노력했다. 그 결과 자신이 겪고 있는 트라우마를 어느 정도 극복해나가고 있다는 믿음이 차츰 자라기 시작했다. 이대로라면 기억 속의 현성은 이제 자신과 조만간에 일치될 것이 분명해 보였다. 하지만 마음속 깊은 곳에서는 아무도 눈치채지 못한 불안감이 현성을 종일 붙잡고 있었다. 의식이 돌아오고 나서 요한의 핸드폰으로 록현에게 수차례나 통화를 시도했지만 그럴 때마다 없는 번호라는 안내 음성만 흘러나오고 있었기 때문이다. 어찌 된 영문인지 록현과 통화가 되지 않았다. 현성은 점차 커지는 불안감에 입안이 바싹바싹 타들어갔다. 무엇보다 록현의 안부를 알기 위해서는 지금이라도 당장 지중해 카페로 달려가는 방법밖엔 없었다.

현성이 오후 정신과 치료를 마치고 병실로 돌아왔을 때 요한이 편의점에서 사 온 간식거리를 냉장고에 넣고 있었다.

"방금 의사 선생님이 지나가면서 너 회복하는 속도가 아주 좋다고 칭찬하더라."

요한은 현성을 병실에서 온전히 데리고 나갈 수 있다는 사실에 목소리가 들떠있었다. 요한은 문득 현성의 손에 들려 있는 자신의 핸드폰을 쳐다보았다.

"근데 어디다 그렇게 전화를 해?"

현성은 말없이 핸드폰을 요한에게 돌려주었다. 요한은 음료수 캔을 따고서 그것을 벌컥벌컥 들이켰다.

"형, 있지? 나, 지금 갈 데가 있어."

"어디? 화장실?"

현성은 고개를 저었다.

"뭔지는 모르겠지만… 너 절대 안정인 거 알지?"

"형, 나 한 번만 도와줘. 부탁이야."

현성이 힘겹게 몸을 일으키자 의아스러운 표정의 요한이 침을 꼴깍 삼켰다.

다행히도 병동 복도는 오가는 의사나 간호사가 보이지 않았다. 환자복 위에 외투를 걸친 현성은 요한과 함께 엘리베이터를 타고 지하 주차장에 도착했다. 주차된 승합차에 오르던 현성은 순간 어지럼증에 휘청거렸다. 간신히 몸을 가누며 조수석에 앉았지만 이상하게도 몸이 아릴 정도로 추웠다.

"거기 뭐가 있는데 그래? 혹시 누가 돈 떼먹고 도망이라도 갔냐?"

승합차의 시동을 걸던 요한은 현성을 걱정스럽게 쳐다보았다. 현성은 추위와 어지럼증을 이겨내기 위해 깊게 심호흡을 했다.

"야, 그나저나 병원에서 알면 난리 날 텐데."

요한은 내키지는 않았지만 현성의 간곡한 부탁을 차마 거절할 수가 없었다. 이 시간에 어딜 가겠다는 건지 도무지 이해할 수가 없었다.

부르릉-. 요란한 소리와 함께 승합차가 굴러가기 시작했다.

　지중해 카페는 어둠 속에 평온한 모습으로 그 자리를 지키고 있었다. 헤드라이트 불빛을 밝히며 달려오던 요한의 승합차가 공터에 멈춰 섰다. 시동이 꺼짐과 동시에 차 문을 열고 밖으로 나온 현성은 벽차오르는 감정으로 지중해 카페를 바라보았다. 실내의 노란 불빛이 창을 통해 아스라이 뿜어져 나오고 있었다. 현성은 지금 실내에 앉아있을 록현을 생각하며 창백한 입술을 질끈 깨물었다. 어서 그녀를 마주해서 혼나고, 용서받아야 한다.

　"이야, 이런 곳에 카페가 있었네? 근데 도대체 만날 사람이 누군데?"

　"형, 잠깐만 여기서 기다려줘."

　현성은 요한에게 부탁하고는 카페를 향해 걸음을 옮겼다.

　"왜 저러지?"

　고개를 갸웃거리는 요한을 뒤로한 채 현성은 카페 문을 열고 안으로 들어섰다. 딸랑-. 작고 선명한 종소리가 현성을 반겼다. 오랜만에 마주한 가게는 예전 그대로의 모습이었다. 다만 테이블과 의자 배치가 약간씩 바뀐 것 말고는 변한 것이 없었다. 현성은 숨을 몰아쉬며 눈으로 실내를 훑었다. 홀에도 계산대에도 록현의 모습은 보이지 않았다. 그렇다면 주방 안에 그녀가 있을 것이 분명했다. 현성은 그녀가, 자기를 기다리다 지쳤을 그녀가 어서 나오기를 기다렸다. 그때였다. 덜컥 주방 문이 열렸다. '헉'하고 숨을 몰아쉬던 현성은 순간 눈을 의심했다. 주방에서 모습을 드러낸 사람은 록현이 아니라 처음 보는 젊은 남자였다.

"영업 끝났는데요."

주방장이겠지 싶어, 현성은 조심스럽게 물었다.

"저… 여기 사장님 어디 가셨습니까?"

"제가 주인인데요? 무슨 일 때문에 그러시죠?"

현성의 가슴이 철렁하고 내려앉았다.

"저, 주인이… 바뀌었습니까?"

그제야 남자 주인은 이해했다는 듯 고개를 끄덕였다.

"아, 전에 있던 사람 찾으시나 보다. 두 달쯤 전에 그만뒀는데요."

"어디로 갔습니까?"

"글쎄요? 전 모르죠."

"그렇다면….'

현성은 희망이 꺼져가는 것을 느꼈다. 눈앞이 어지러웠다.

"혹시 메모라든지 남긴 얘기는 없었습니까?"

"아뇨? 없었는데요. 아는 분이면 통화해보시지 그러세요?"

거기까지였다. 할 말을 잃은 현성은 힘없이 카페를 나왔다. 걷다가 다리에 힘이 풀려 문 앞 계단에 쓰러지듯이 주저앉았다. 주체할 수 없는 슬픔이 밀려와 마음을 적셨다. 아니길 바랐던 최악의 상황이 눈앞에 닥친 것이었다.

"현성아, 왜 그래?"

요한이 어느새 다가와 고개를 수그리고 있는 현성의 어깨를 흔들었다. 현성은 힘없이 흔들리면서도 여전히 얼굴을 두 무릎 사이에 파묻고 있었다.

"하, 이거 답답해 죽겠네. 무슨 일인데 그래."

현성은 천천히 고개를 들어 멍한 눈동자로 요한을 바라보았다.

"형."

"그래, 말해봐!"

"떠났어."

축축한 눈동자에 아슬아슬하게 매달려있던 눈물이 흘러내리고 있었다. 적잖이 당황한 요한은 눈을 동그랗게 떴다.

"누가 떠났다는 거야?"

"…떠나버렸어."

현성은 허공에 시선을 둔 채 주문을 외우듯이 중얼거렸다. 요한은 현성을 바라보며 재차 물었다.

"떠나다니? 누가!"

현성은 숨을 몰아쉬면서 낮게 속삭였다.

"형, 미안해. 나 잠시 여기 좀 앉아있다가 갈게."

"뭐?"

"나 좀 혼자 있고 싶어서… 괜찮지?"

현성을 혼자 둬도 되나 싶었지만 어쩔 도리가 없었다.

"어? 어… 그럼 공기가 차니까 빨리 와. 알았지?"

요한은 쭈뼛거리며 자리를 비켜주었다. 차를 향해 걸어가면서도 현성을 몇 번씩이나 돌아보고는 차에 올랐다.

승합차 문이 닫히는 소리가 들리자 현성은 숙였던 고개를 들고는 천천히 몸을 일으켜 카페 안을 바라보았다. 남자 주인은 마감하느라 분주하게 움직이고 있었다. 순간 그 모습에 앞치마를 두른 록현이 열심히 대걸레질하는 모습이 겹쳐 보였다.

"록현 씨… 미안해요."

힘없는 현성의 목소리가 바람 소리처럼 새어 나왔다.

"너무 늦게 와서… 미안해요."

카페에 들어서면 당황한 표정으로 자신을 바라봤던 그녀는, 저 작고 맑은 종소리처럼 현성에게 울림을 주던 그녀는, 분명 자신을 기다렸을 그녀는 항상 저 안에 있었다. 그러나 이제는 사라지고 없다. 록현은 이제 이곳에 없다.

새벽녘, 낡은 차 안에서 웅크려 잠든 요한은 추위에 몸을 떨며 옷깃을 여미다가 문득 현성이 돌아오지 않은 걸 깨달았다. 놀란 요한은 황급히 차에서 내려 카페 쪽으로 걸어갔다. 문을 굳게 잠근 카페는 어둠 속에 차가운 가로등 불빛을 받고 있었다. 요한은 현성이 보이지 않자 주변을 두리번거렸다. 그런데 카페 옆 모퉁이의 담벼락 밑에 현성이 엎드린 채 축 늘어져 있는 것이었다.

"현성아!!"

현성을 발견한 요한은 다급하게 달려갔다. 의식이 없는 현성을 마구 흔들어 깨웠다.

"야! 정신 차려봐! 너 계속 여기 있었어?"

요한은 차가운 현성의 몸을 둘러업었다. 회복하지 않은 몸으로 찬 바람까지 쐬었으니 여간 치명적이지 않을 수가 없었다. 축 늘어진 현성을 업고 승합차로 다가가던 요한은 등에서 느껴지는 한기에 깜짝 놀랐다.

"이거 몸이 얼음장이구먼! 현성아! 정신 차려봐!"

요한은 현성을 조수석에 태우고 시동을 걸며 히터를 최대로 높였다.

"이런 제길! 내가 미친놈이지."

안전띠를 다급하게 맨 요한은 가속페달을 밟으며 황급히 차를 출발시켰다.

19

　노을에 물든 하늘은 진청색의 바다와 맞닿아있었다. 혼자 여행을 온 록현은 한껏 바다 구경을 하고 근처 민박집에 들어왔다. 멀리서 파도 소리가 작게 들려왔다. 회색빛의 커튼이 드리운 조그마한 창을 밤바람이 두드리며 지나다니고 있었다. 마땅한 식당을 찾지 못한 록현은 편의점에서 사 온 도시락으로 늦은 식사를 해결했다. 인터넷으로 검색한 주변의 소문난 맛집은 사람들이 많아서 부담스러웠다. 더군다나 혼자 온 여행객을 위한 메뉴를 찾기란 생각보다 힘들었다. 록현은 하루를 정리할 겸 다이어리에 간단히 메모하는 것으로 오늘 일정을 마쳤다. 잠자리가 바뀐 탓인지 밤새도록 뒤척이던 록현은 새벽녘에 문득 눈을 떴다. 그런데 곁에 한 남자가 등을 돌린 채로 누워있었다. 그는 록현이 깨어난 걸 눈치챘는지 슬며시 몸을 돌려 그녀를 끌어안았다.

　"추워."

　록현은 남자의 가슴께로 파고들었다.

　"있잖아요, 참 이상한 꿈을 꿨어요. 꿈속에서 내가 당신을 얼마나 기다렸는지 알아요?"

　"그래요?"

　낮게 들려오는 목소리는 다름 아닌 현성이었다. 현성은 다정하게 그녀의 머리에 입맞춤했다. 록현은 복받쳐 오르는 감정을 삼키며 말을 이어나갔다.

"속상해. 나 진짜 너무나도 생생해서 진짜 같았단 말이야."

록현은 말없이 꼬옥 안아주는 현성의 온기를 느꼈다. 그녀의 가슴이 부풀었다가 줄어들며 소리 없는 한숨을 내쉬었다. 따뜻함이 밀려오자 다시 잠이 쏟아졌다. 그러나 다시 잠들고 싶지 않았다. 왠지 잠들면 현성이 어둠과 함께 사라질 것만 같았다. 순간 밝은 섬광이 방안 가득 들어와 록현은 자신도 모르게 눈을 감았다. 그리고는 다시 방안에 어두운 푸른빛이 감돌기 시작하자 천천히 눈을 떴다. 그런데 거짓말처럼 현성은 온데간데없이 사라져버렸다. 방금 자신이 말한 대로 너무나도 생생한 진짜 같았던 꿈을 꾼 것이었다. 그녀는 허탈한 마음으로 옆의 빈자리를 바라보았다. 자신을 안아주던 현성의 체온이 지금도 이렇게 느껴지는데 꿈이었다니…. 록현은 손으로 머리칼을 천천히 쓸어 올리다가 문득 손가락에 끼고 있는 반지를 들여다보았다. 현주가 준 반지는 자신의 일부처럼 느껴져서 그동안 전혀 의식을 못 하고 있었다. 그것을 물끄러미 바라보던 록현은 이내 고개를 세차게 저으며 몸을 일으켰다.

바닷가의 아침은 조용했다. 곧게 뻗은 길을 걷던 록현은 빨간 글씨로 '담배'라고 쓰여 있는 낡은 구멍가게에 들어섰다. 간이 테이블에 앉아있던 털모자를 쓴 남자가 록현을 흘끗 바라보았다. 손님으로 보이는 그는 아침부터 소주잔을 홀짝거리고 있었다. 좁은 창문 하나에 합판을 군데군데 덧댄 구멍가게는 물건들이 몇 없었다. 록현은 망설임 없이

짙은 그리고 푸른

눈에 들어오는 캔 커피 하나를 집어 들었다.

"여기요? 아무도 안 계세요?"

록현은 주인을 찾기 위해 주위를 둘러보았다.

"천 원 한 장 거기 두고 가세요."

털모자를 쓴 남자가 술잔을 기울이며 록현에게 말했다.

"아줌마 화장실 갔어요."

"아, 네⋯."

천원을 내려놓은 록현은 슬쩍 털모자의 자리를 쳐다봤다. 그는 과자 부스러기를 입에 털어 넣으며 소주를 두 병째 비우고 있었다.

해변을 걸으며 록현은 먼 바다를 바라보았다. 파도가 하얀 거품을 내며 밀려오고 있었다. 캔 커피의 달짝지근한 맛이 입 안 가득 퍼졌고 까슬까슬한 모래가 록현의 발밑에서 설탕처럼 밟혔다. 모래 위에 찍혀 있는 자신의 희미한 발자국을 돌아보던 록현은 문득 고등학교 때 창작반 친구들과 함께 바닷가로 여행을 왔을 때의 기억이 떠올랐다. 그때 노을 진 바다를 바라보며 목소리를 높였던 방선미라는 그 여학생의 목소리가 귓전으로 들려왔다.

'바다 모래알만큼이나 많은 별이 하늘에 떠 있대. 내 생각엔 모래알이 훨씬 더 많을 것 같은데 말이야. 이록현! 넌 어떻게 생각하니?'

그때 록현은 아무런 말도 하지 못했다. 왜냐하면, 일 년 전쯤에도 방선미는 학교 스탠드에 앉아서 별을 바라보며 같은 질문을 하지 않았던가.

"이록현! 하늘에 떠있는 저 별들이 전 세계 바다에 있는 모래알을 합친 것보다 많다는 거야. 내 생각엔 우주 공간 끝없이 펼쳐진 별들이 모래알보다 훨씬 더 많을 거 같은데 말이야. 네 생각은 어떠니?"

 일 년 만에 뒤바뀐 방선미의 말에 그 당시 록현은 당황스러웠다. 그 아이가 기억력이 없는 것인지 아니면 일 년 만에 생각이 변한 것인지는 알 수가 없었지만, 선미는 아무렇지도 않게 말을 내뱉고는 하늘을 올려다보았고 또 바다를 응시했었다. 모래가 많은지 별이 많은지 선미는 그 답이 무척이나 중요한 사람처럼 틈만 나면 하늘을 올려다보았다. 수능을 앞둔 두 달 전, 집에서 싸늘한 주검으로 발견되기 전까지도 말이었다. 그 아이로 인해 알게 된 학업 스트레스라는 사인은 적어도 그때까지 기억하고 있는 가장 잔인하고 외로운 단어였다. 별과 모래와도 같이 헤아릴 수 없는 황망함에 내던져진 생존의 좁은 문이었으니까. 그 방선미는 지금쯤 바다의 모래 틈 어딘가에 아니면 하늘에 있는 별 사이의 어둠 어딘가에 존재하고 있을지도 모른다. 여전히 답을 궁금해하면서.

 록현이 기억을 더듬으며 생각에 빠져있을 그때, 그녀의 뒤에서 누군가 다가오는 소리가 들려왔다. 뒤를 돌아보니 조금 전, 구멍가게에 있었던 털모자를 쓴 남자였다. 막상 얼굴을 정면에서 바라보니 취기로 인해 벌겋게 상기된 얼굴과 거뭇거뭇한 수염이 다소 험상궂은 인상을 풍기고 있었다. 록현은 무슨 일인가 싶어 뒷걸음으로 물러났다. 그러나 남자는 록현을 쳐다보지도 않고 곁을 지나치더니 파도 앞에 우뚝 멈춰 섰다. 그리고는 갑자기 다짜고짜 옷을 벗기 시작했다. 록현은 그의 돌발적인 행동에 깜짝 놀랄 수밖에 없었다. 이런 날씨에 수영이라니, 더군다나 음주까지 한 상태인데. 어리둥절한 록현은 침을 꼴깍 삼켰다. 털모자는 모든 옷을 벗어 던지고 팬티 바람으로 심호흡을 하더니 별안간 노래를 부르기 시작했다.

"웬 다 이-. 아 윌 올웨이즈 러빙 유- 후우-."

털모자는 오래된 팝송을 제멋대로 불러댔다. 이윽고 한 소절을 끝마친 털모자는 노래를 멈추고는 바다를 응시하며 흐느끼는 듯 어깨를 들먹거렸다. 그런데 이상하게도 털모자와 양말은 그대로 신고 있었다. 몇 초 후, 털모자는 바다를 향해 텀벙텀벙 걸어 들어가더니 눈 깜짝할 사이에 머리끝까지 물에 잠기는 것이었다. 상황이 이상하다고 느낀 록현은 놀라 입으로 손을 가져다 댔다. 물속에서 부그그그… 기포가 요란스럽게 올라오던 그때 털모자의 핸드폰이 모래 위 벗어놓은 옷 속에서 요란스럽게 울려댔다. 그와 동시에 물에서 솟구쳐 올라온 털모자가 정신없이 물 밖으로 뛰쳐나왔다. 지켜보고 서 있던 록현의 얼굴이 공포에서 황당함으로 바뀌는 순간이었다. 털모자는 다급하게 옷에서 핸드폰을 꺼냈다.

"여보세요? 명숙이, 너! 너 지금 어디야!"

털모자는 추위에 몸을 벌벌 떨고 있었고 목소리마저 위태로웠다.

"나 지금 죽으려고 바다에 들어갔다가 벨 소리 때문에 다시 나온 거야. 그래! 존나 춥지! 술 다 깼다, 니미럴…. 어디냐고? 그래? 정말이지, 너! 내가 단숨에 달려갈 테니까 거기 꼼짝 말고 있어!! 알았지?"

통화를 마친 털모자는 강아지처럼 바들바들 떨며 옷을 마구 껴입기 시작했다. 그러다가 놀란 표정의 록현과 눈이 마주쳤다.

"놀라셨나 보네요. 걱정하지 마세요. 물이 차가워서 안 죽으렵니다."

털모자는 물이 뚝뚝 흐르는 옷을 쥐어짜며 곁을 지나쳐갔다.

"…아 참! 아까 돈 어디다 놨어요? 아줌마가 못 찾던데…."

말을 마친 털모자가 유유히 멀어져가자 록현은 자신도 모르게 한숨이 새어 나왔다. 한 마리의 갈매기가 모래사장 위를 비행하다가 먼 바다를 향해 날아가고 있었다.

며칠 후, 서울로 돌아온 록현은 오후에 명상 센터에 들렀다. 정신을 가다듬기 위해 참여했던 명상 프로그램이 어느새 두 달이 지나고 있었다. 군데군데 피워놓은 향초 향이 실내에 가득했다. 여선생의 차분한 목소리를 들으며 록현은 십여 명의 회원들과 함께 가부좌를 틀었다.

"자, 팔은 편하게 내리고 다들 눈을 감아보세요."

명상 선생은 속삭이듯이 말했다.

"이제 머릿속에 편안한 바다를 떠올려 보세요."

록현과 사람들은 눈을 감은 채 깊게 심호흡을 했다.

"각자 뭔가 느껴지는 게 있죠? 차분한 마음으로 얘기를 해보세요. 어떤 그림이죠?"

주술적인 그녀의 말에 한 여대생이 이끌리듯 대답했다.

"캠프파이어요."

"좋아요. 또 다른 사람?"

"참치 회요!"

중년 여성의 대답에 사람들은 웃음을 참느라 입을 씰룩거렸다. 명상 선생은 빙그레 웃었다.

"지금 배고프세요?"

그녀의 말에 일제히 쿡쿡 웃음을 터뜨렸다. 그 외에도 파도, 태닝, 짠 맛 등등 여러 대답이 쏟아져 나왔다.

"록현 씨는 어떤 생각이 들죠?"

아무런 말이 없는 록현에게 선생이 물었다. 록현은 입을 꼭 다문 채 한동안 대답이 없었다. 사람들이 하나둘 실눈을 뜨며 록현을 흘겨보았 다. 이윽고 록현은 나직하게 입을 열었다.

"…고래요. 푸른빛의 고래."

명상 선생은 록현의 대답이 흥미로운 듯 다시금 물었다.

"그건 어떤 느낌인가요? 혹시 고래를 본 적이 있나요?"

"네… 손바닥보다도 작은 고래를 본 적이 있어요."

주변이 술렁였다. '손바닥만 한 작은 고래라고?', '무슨 소리래.' 자 리에서 일어선 선생은 회원들을 향해 검지를 입에 댔다.

"그래요? 그럼 그건 어떤 느낌이죠?"

"…그리움이요."

록현은 고개를 숙인 채 말을 이었다.

"마음 깊숙이 저며 오는 그런… 그리움이요."

라벤더 향초 향이 실내를 부유하며 떠다니고 있었다.

20

"야, 저 별 보이냐? 저게 무슨 별자리지?"

요한은 현성을 보며 밤하늘을 가리켰다. 현성이 퇴원한 지 한 달이 지나갈 무렵이었다. 둘은 도심의 아파트를 마주한 놀이터 그네에 나란히 앉아 밤하늘을 바라보고 있었다. 장마가 끝나고 다시 여름이 시작되고 있었다.

"형. 그동안 나 때문에 너무 고생 많았어. 정말 이 은혜 잊지 않을게. 기회가 되면 어떻게든 갚아야 할 텐데…."

현성은 마음속에 간직한 요한 형에 대한 고마움을 간신히 표현했다.

"현성아, 네가 모르는 비밀 얘기 하나 해줄까?"

별을 올려보던 요한이 불쑥 말을 꺼냈다.

"비밀?"

"응, 사실은 전부터 기회 되면 얘기하려고 했는데… 지금에서야 말하네?"

무슨 말을 하나 싶어 현성은 요한을 쳐다보았다.

"너 중학교 1학년 때 우리 집 형편이 갑자기 나빠졌을 때 기억나?"

"형 아버지 사업 부도난 거?"

요한은 고개를 끄덕여 보였다.

"내가 고등학교 2학년이었던 그때 우리 가족 정말 힘들어서 죽기 직전이었거든. 근데 난 정신 못 차리고 나쁜 친구들이랑 어울려 다니면서 못된 짓만 골라서 하고 말이야. 너도 소문은 들어서 알지?"

현성은 대답 대신 요한의 얼굴을 빤히 보았다. 요한은 한숨을 내쉬며 말을 이었다.

"어느 날 친구 한 놈과 작당해서 동네 근처 가게 한곳을 물색했어. 물건을 훔치려고 말이야. 그리고는 오후에 주인이 잠시 자리를 비운 사이에 그 가게에서 라면 네 상자를 훔쳐서 나오는데 하필 다시 돌아온 주인한테 딱 걸리고 만 거야. 재수 없게시리. 근데 혈기 왕성한 놈들이 그냥 얌전히 있었겠냐? 도망치려고 주인을 냅다 밀쳐 낸 거지. 그런데 하필이면 그 아저씨가 가게 모서리에 머리를 부딪쳐서는 피를 철철 흘리는 거야. 그걸 본 순간 나랑 같이 있던 놈은 지레 겁을 먹고는 도망쳤는데 난 어쩔 줄을 모르고 그 자리에 얼어붙은 거지. 그땐 정말 눈앞이 캄캄한 게 어떻게 해야 할지 난감하더라."

현성은 말없이 숨을 들이마셨다. 요한 형에게 그런 일이 있었다는 것이 믿기지 않았다.

"그래서 뭐 어찌할지 모르고 그냥 허둥대고 있는데 그때 마침 손님 한 명이 가게 안으로 스윽 들어오는 거야… 젠장. 그 사람이 누군지 알아?"

현성은 눈을 동그랗게 뜨고 요한을 바라보았다.

"그 사람이 바로 네 아버지였다는 거 아니냐…."

"……!"

"지금도 생각하면 식은땀이 난다니까. 근데 아버님이 흘끗 눈앞의 상황을 보시더니만 침착한 목소리로 물어보시는 거야. 전부 내가 한

짓이냐고. 생각해봐라. 사람이 눈앞에서 피를 질질 흘리며 쓰러져있는데 조용한 눈빛으로 내 이름을 부르면서… 나, 참. 그때 나 바지에 오줌 지렸다."

요한은 머리를 문지르다가 하늘을 올려다보았다.

"그날 네 아버지가 아니었으면 나 지금 이렇게 살고 있지도 못했다. 진짜야. 암튼 그땐 구급차고 뭐고 그런 거 부르는 게 거의 없던 시절이라 내가 그 가게 주인을 둘러업고는 병원까지 달려갔다는 거 아니냐. 다행히 주인은 치료받고 살아났는데 그 이후에 모든 걸 다 네 아버지께서 도와주셨어. 가게 주인 치료비에 내가 저지른 일에 대한 변상까지 싹 포함해서…."

요한의 얘기를 듣던 현성은 고개를 천천히 떨궜다.

"그 일이 있고 나서 아버님께서 나한테 당부한 게 있는데 그게 뭐였냐면… 이번 일을 절대 아무한테도 말하지 말라는 거였고, 이제 나쁜 친구들 멀리하고 진짜로 열심히 공부하라는 거였어."

유성별이 꼬리를 물며 아득히 떨어지는 모습이 보였다.

"내가 남자답게 약속한다고 하니까 며칠 뒤에 찾아와서는 이십만 원을 내 손에 쥐여주시더라. 절대 흔들리지 말고 공부할 때 보태 쓰라고."

요한의 눈에 핑하고 눈물이 고였다.

"이 얘기 사실은 약속이니까 평생 묻어두고 안 하려고 했는데 어떻게 그러냐? 아버님이 아니었으면 난 지금 쓰레기가 됐을지도 모르는데 말이야…. 아버님께 약속을 안 지켜서 죄송하단 말은 이다음에 하늘나라 가서 하면 용서해주시겠지?"

현성은 아무 말 없이 다시금 별을 올려다보았다. 요한은 비밀을 쏟아내고 마음이 후련한 듯 깊게 숨을 들이마시고는 눈가를 문질렀다. 잠시 침묵을 지키던 요한은 밝은 목소리로 말했다.

"먹고 싶은 거 없어? 너 오늘 생일이잖아. 뭐든 팍 쏠 테니까 말만 해."

"정말이지, 형."

요한이 미소 지으며 고개를 끄덕여 보이자 현성은 잠시 생각에 잠겼다. 요한은 그넷줄을 잡고 다리를 들어 올려보았다. 육중한 무게로 인해 연결고리에서 삐걱거리는 소리가 났다.

"나, 바다 보고 싶은데."

"바다? 지금?"

요한은 흔들거리던 그네를 멈추고는 현성을 바라보았다.

"야, 벌써 날 밝았나 보네. 딸꾹!"

놀이터 그네에서 포장마차로 이동해 왔던 현성과 요한은 테이블에 가득 놓인 빈 소주병들을 물끄러미 보았다. 눈이 풀리고 목도 잠기어 이미 취할 대로 취한 둘은 멈출 줄 모르고 계속해서 술잔을 기울이고 있었다.

"형… 내가… 바다, 바다 보고 싶다 그랬잖아."

현성은 졸음을 이겨내지 못하고 결국 테이블에 고개를 떨구고는 잠이 들었다.

"가면 될 거 아냐. 까짓거 가자고, 당장…. 야, 김현성! 일어나봐. 어서!"

딸꾹질하며 게슴츠레한 눈을 뜬 요한은 엎드려 잠든 현성을 보다가 자신도 탁자에 머리를 박고 정신을 잃고 말았다.

그렇게 현성이 요한과 함께 포장마차에서 생일을 보내고 나서 일주
일이 지나갈 무렵이었다. 도심의 북적거리는 사람들 틈을 지나 현성
은 한 서점 안에 들어섰다. 그는 곧바로 '아동 서적' 코너로 향했다. 그
리고는 책들을 둘러보기 시작했다. 한참을 머문 현성은 난감한 표정을
짓다가 계산대로 향했다. 아이보리색의 블라우스에 조끼를 입은 여직
원이 현성을 바라보았다.

"저 혹시 이록현 작가님 동화 있습니까?"

여직원은 곁의 동료를 흘끗 바라보았다.

"처음 들어보는데. 알아?"

"아니…?"

다른 여직원도 생소한 표정을 지으며 고개를 갸웃거렸다. 혹시나 싶
은지 여직원은 컴퓨터 자판을 두드렸다. 모니터를 유심히 훑어보던 여
직원은 고개를 저어 보였다.

"그런 이름의 작가분은 없는데요."

현성은 실망한 기색으로 그대로 서점을 나왔다. 세 번째로 들른 대
형서점에도 록현의 책은 존재하지 않았다. 그녀를 찾는 유일한 단서가
허탕으로 끝나자 현성은 한숨을 내쉬며 서점 입구에 한동안 멍하니 서
있었다.

21

카페를 처분한 지 4년이 흘러갔고 여름이 찾아왔다. 그사이 록현에게는 크고 작은 변화가 생겼다. 우선 동화를 다시 쓰기 시작했다는 것과 가정이 생겼다는 것이다. 이전과는 전혀 다른 새로운 삶은 록현에게 많은 의미를 부여했다. 그렇게나 바라던 대로 지나간 일들은 진짜 꿈처럼 느껴졌다. 종종 생각이 솟아 올라올 때도 있었지만 그때마다 록현은 애써 현실에 집중하고 주어진 환경에 적응하려 애썼다. 록현보다 5살이 많은 남편 종규는 수입 주류를 유통하는 사업가였다. 그와는 일 년여의 교제 끝에 결혼하게 되었지만 록현과는 생각이나 사고방식이 많이 다른 인물이었다. 매사에 논리적이며 순간순간의 감정을 거침없이 드러내는 종규는 사회성이 남다른 유형이었다. 명상 선생의 소개로 처음 마주한 그 한 시간 동안에도 그에게 걸려온 전화는 십여 통이 넘었으니까. 록현은 종규와 교제하던 그 일 년 동안 자신이 과거와 완전하게 이별할 수 있는 유일한 출구를 찾은 듯했다. 그 해답을 종규가 제시해줄 것 같았다. 결혼이라는 것은 현실이지만 한편으로는 혼자 고민하고 혼자 결정했던, 온전히 혼자였던 과거와의 단절도 포함된 것이 아닌가. 몇 번의 망설임 끝에 결국 종규의 청혼을 받아들였던 날, 밤새 뜬눈으로 지새웠다. 과거의 자신을 지워내기 위해서 그리고 이제 한 남자와 함께 걸어가야 할 새로운 걸음마를 익히기 위해서 그렇게 단단

해지자고 각오했다. 그러나 록현은 모르고 있었다. 그 모든 결정이 이미 돌이킬 수 없는 가속페달을 밟고 있었다는 것을… 그때는 알아채지 못했다.

헤드라이트를 밝힌 승용차는 국도를 달리고 있었다.

"오늘 모임 지루했어?"

말쑥한 캐주얼 차림에 금테 안경을 낀 종규는 운전하며 곁에 앉은 록현을 흘깃 쳐다보았다. 록현은 차창 밖에서 눈을 떼지 않은 채 대답했다.

"조금요."

종규는 살짝 얼굴을 찌푸렸다.

"그렇다고 그렇게 표정 굳어있으면 어떡해. 내 생각도 해야지."

"…미안해요."

결혼 팔 개월째인 신혼이었지만 록현은 종규의 잦은 모임에 적응하기가 힘들었다. 네 쌍의 부부는 이 주일에 한 번씩 지방의 펜션이나 별장들을 빌려서 회원처럼 모였는데, 그들은 종규의 사업 파트너부터 대학 동창까지 여러 인맥이 섞인 자리였다. 하지만 그때마다 록현은 언제나 같은 날처럼 느껴질 정도로 반복되는 분위기와 대화에 이미 지쳐있었다. 남편들은 언제나 바비큐를 굽고 수제 소시지를 먹으며 부동산이나 주식 얘기로 목소리를 높였고 부인들은 주로 인기 있는 TV 드라마나 명품 옷과 가방 등의 얘기를 항상 빼놓지 않았다. 록현은 그것이 힐링이라고 얘기하는 그들만의 소통법이라는 것을 깨달았다.

록현은 멀리 보이는 강물 위로 하얀 달빛이 스며들고 있는 것을 바라보았다. 종규는 오늘도 아내인 록현이 사람들과 섞이지 못하고 혼자 다소곳이 앉아있는 모습이 영 마음에 걸렸다. 한두 번이 아니었지만, 오늘 모임에서는 여느 때와 다르게 아예 사람들과 시선조차도 마주치지 않는 모습이 이상해 보이기까지 했다. 종규가 록현에게 무슨 불만이 있는지 물어보려던 그때였다. 위이이잉, 위이이잉-. 핸드폰의 진동소리가 멈추지 않고 들려왔다. 종규는 운전대를 잡은 채 익숙하게 이어폰을 꽂고 통화를 시작했다.

"네, 박 사장님! 주말 잘 보내셨어요? 그럼요. 네, 그래요? 그거 잘됐네요. 그럼 이번 주말에 필드에서 뵙죠."

록현은 차창 밖을 스치는 표지판을 무심코 보다가 흠칫 놀란 표정이 되었다. 그것은 지중해 카페로 향하는 도로가 가까웠기 때문이었다. 종규가 통화를 빨리 끝내기를 기다리던 록현은 이윽고 입을 열었다.

"저, 있죠?"

"응?"

"저 오른쪽 길로 조금만 들어가면 카페가 하나 있는데 거기 좀 들렀다 가면 안 돼요?"

록현은 종규를 만난 이제껏 지중해 카페 얘기는 한 번도 꺼내지 않았었다.

"카페? 왜, 커피 마시고 싶어?"

종규는 운전하며 록현이 가리킨 곳을 바라보았다.

"저런 데 카페가 있어? 아니면 가다가 좀 좋은 데 들르든가…"

"아뇨, 저기 가고 싶어요."

종규는 조금 이상하다고 생각했지만 록현이 원하는 쪽으로 핸들을 돌렸다. 승용차가 지중해 카페의 진입로로 접어들었다. 오래전에 아주 익숙했던 풍경들이 어둠 속에 그대로 있었다. 록현은 감회에 젖어 카페 입구를 지키고 서 있는 커다란 아름드리나무를 바라보았다. 가로등 불빛에 드러난 풍성한 모습은 예전과 다를 바가 없이 건강해 보였다. 차창을 내리고 숨을 들이켜자 숲 향기가 코끝을 자극했다. 모든 것이 그대로였다. 정말 모든 것이 그대로였다. 록현은 순간 이곳을 버려두고 도망쳐 나왔던 사람이 이제는 변해서 찾아온 것이 미안했다. 변하지 않은 저 풍경들에게, 저 작은 연두색 창틀에게 미안했다. 어쩔 수 없이 마음 한구석이 아려와 작게 숨을 몰아쉬었다. 종규가 차를 카페 앞에 세우자 록현은 차 문을 열고 천천히 밖으로 나왔다.

"생각했던 것보단 운치 있네. 그런데 이런 데를 언제 와본 거야?"

시동을 끄고 차에서 내린 종규는 카페를 바라보았다. 록현은 추억의 흔적들이 고스란히 남아있는 곳곳의 모습들을 보며 혹시 자신에게 인수한 젊은 사장이 아직도 카페를 운영하고 있을지도 모른다는 생각이 문득 들었다. 그렇다면 자신을 알아볼까? 그럴 확률은 없었지만 만약에 알아본다면 어떤 말을 건네야 할까? 록현은 설레는 마음으로 남편과 함께 카페 문을 열고 안으로 들어갔다. 딸랑! 오래전부터 달려있었던 그 은색 종이 아직도 그 자리에 붙어있었다.

"어서 오세요!"

서빙을 하고 있던 곱슬머리 남자 종업원이 록현과 종규를 반갑게 맞았다. 그는 큼직한 부채를 바지 뒷주머니에 꽂고 있었다. 록현은 실내를 둘러보았다. 인테리어가 제법 바뀌어 있었고 한 테이블에만 손님들이 앉아 맥주를 마시고 있었다. 록현은 익숙했던 창가 자리에 가서 앉았다.

"제길, 여긴 왜 이렇게 더운 거야?"

종규가 인상을 쓰며 록현의 맞은편에 앉았다.

"저, 손님 죄송합니다!"

곱슬머리 종업원이 메뉴판과 얼음물이 든 컵을 들고 다가와서 고개를 숙였다.

"아까 갑자기 에어컨이 고장 나서요. 더우시면 선풍기 갖다 드리겠습니다."

"여보, 그냥 나가지!"

종규가 이마의 땀을 문지르며 록현을 보았다.

"이왕 왔으니 잠시만 있다가 가죠."

록현의 말에 종규는 한숨을 지어 보였다. 머리를 긁적여 보이던 곱슬머리 종업원은 다시금 고개를 숙였다.

"잠깐만 기다리세요. 제가 잽싸게 선풍기 가져오겠습니다."

곱슬머리 종업원은 몸을 돌려 계산대 쪽으로 향했다.

"근처에 카페도 없으니까 잠시만 있다가 가요."

표정이 굳어진 종규는 손수건을 꺼내 얼굴을 닦았다. 그새 곱슬머리 종업원이 낡은 선풍기를 들고 와 작동시켰다. 그런데 다다다다-. 소음이 지나칠 정도로 심했다.

"이게 왜 이렇게 시끄럽냐…. 죄송합니다."

이십 년도 더 되어 보이는 선풍기가 요란스러운 소리를 내며 위태롭게 날개를 돌려대고 있었다. 종업원은 난감한 표정으로 선풍기를 몇 차례나 두드렸다. 그러나 선풍기는 고물이 되기 직전의 상태로 최후의 안간힘을 쓰고 있었다.

"아, 뭐 드릴까요?"

록현은 메뉴판을 무시하고 곱슬머리의 종업원을 쳐다보았다.

"스파게티 먹을 수 있을까요?"

"아, 어쩐다! 그전엔 했었는데 작년부터 안 하거든요. 죄송합니다. 다른 메뉴는 다 되니까 골라보세요."

종규는 기가 찬 표정으로 종업원을 바라보았다. 아쉬운 마음을 감추며 메뉴를 고르던 록현은 결정을 내렸다.

"그럼 크래미 샌드위치 하나하고 오렌지 주스요, 되죠?"

"그럼요."

종업원은 잠시 종규의 굳은 얼굴을 쳐다보다가 몸을 돌려 주방으로 향했다.

다다다다-. 요란한 선풍기 소음이 록현과 종규의 침묵을 대신하고 있었다. 잠시 생각에 잠긴 듯 눈을 지그시 감고 있던 종규가 이윽고 입을 뗐다.

"난 더워서 차에 가 있을게. 괜찮지?"

록현은 고개를 끄덕여 보였다. 한숨을 내쉰 종규가 자리에서 벌떡 일어나 카페 문을 열고 밖으로 나갔다. 록현에겐 차라리 고마운 일이었다.

잠시 후, 다른 테이블의 손님들마저 더위를 못 참고 짜증 내며 카페를 나가버렸다. 이제 텅 빈 홀에서 요란한 선풍기 소리와 함께 록현은 홀로 앉아있었다. 록현은 얼음물을 한 모금 마시며 슬쩍 바깥을 쳐다보았다. 남편 종규는 승용차 안에서 누군가와 통화하고 있었다.

"맛있게 드세요."
접시를 내려놓고 돌아서는 곱슬머리를 록현이 불러 세웠다.
"저기… 잠깐만요."
"뭐 필요하신 거라도?"
록현은 평소 가지고 다니던 CD를 가방에서 꺼냈다.
"이거 틀어주실 수 있나요?"
잠시 눈을 동그랗게 뜬 곱슬 종업원은 이내 고개를 끄덕였다.
"그러죠, 뭐. 음악이죠?"
대수롭지 않게 받아 든 CD를 종업원이 재생하자 실내에 음악이 울려 퍼졌다. 들려오는 것은 현성이 밤마다 이 자리에 앉아 부탁해서 틀었던 바로 그 곡이었다. 록현은 샌드위치를 꼭꼭 씹어서 삼켰다. 주문한 샌드위치는 선풍기와는 달랐다. 어디에 내놓아도 손색없는 훌륭한 맛이었다. 샌드위치를 다시금 한입 베어 물던 그때 주방 문이 덜컥 열리고 누군가가 나오면서 목소리를 높였다.
"이 음악 또 틀었어?"
"아뇨, 손님이 부탁해서 틀었는데요!"
록현은 소리가 나는 주방 문 쪽으로 고개를 돌렸다. 손에 묻은 밀가

루를 털며 서 있는 그는 다름 아닌 현성이었다. 록현은 순간 자신이 헛것을 본 듯 눈을 깜빡거려보았다. 그러나 분명 현성이 버젓이 눈앞에 서 있었다. 록현의 시선과 마찬가지로 몇 미터 앞에서 눈이 마주친 현성은 얼어붙은 듯 꼼짝을 하지 않았다. 등을 타고 찌릿 전기가 지나갔다. 어떻게… 어떻게…?

"사장님, 저 고물 선풍기 내일 갖다 버리죠. 소리만 요란하고…."

곱슬머리 종업원은 부채질을 하며 주방으로 들어갔다. 눈앞의 상황이 믿어지지 않는 록현은 고개를 돌려 다시 샌드위치를 우물우물 씹었다. 정말, 이게 지금 현실인가? 잠시 후, 현성은 천천히 걸음을 옮겨 계산대로 가 앉았다. 형용할 수 없는 감정이 시야를 흐리고 있었다. 그리고 한순간 머릿속에 갖가지 장면들이 스쳐 지나갔다. 모래성 앞에서 미소 짓는 아빠가, 닫히는 엘리베이터 문밖으로 보였던 현주가, 모닥불이 타들어가던 그 푸른 새벽이. 그렇게 애써 지우려 했던, 그래서 이제는 다 잊어버린 줄 알았던 기억의 파편들이 가슴에 박히고 있었다. 록현은 지금 등 뒤에 앉아있는 현성이 자신의 뒷모습을 쳐다보고 있을 거라는 생각이 들자 호흡이 가빠왔다. 고개만 돌리면 현성과 눈을 마주칠 수 있었다. 어떻게 이런 일이 가능할 수 있단 말인가? 아… 그에게 뒷모습을 보이며 무기력하게 앉아있는 지금, 뭔가가 대단히 잘못됐다는 것을 알았다. 아니 그것은 뭔가가 잘못된 것이 아니라 자신이 뭔가를 잘못한 것이었다.

고개를 숙이고 있던 현성은 천천히 고개를 들어 록현의 뒷모습을 바

짙은 그리고 푸른

라보았다. 선풍기가 덜덜 돌아가면서 바람을 뿜어내고 있었다. 그로 인해 록현의 스카프가 나풀거리고 있었다. 현성은 숨을 몰아쉬었다. 록현, 록현…. 죽음의 문턱에서도 이름을 중얼거렸던 그녀가 거짓말처럼 지금 눈앞에 있었다. 그때였다. 선풍기 바람에 흔들거리던 록현의 스카프가 스르르 힘없이 바닥으로 미끄러져 내렸다. 그 순간 록현의 어깨 뒤로 뭔가가 보였다. 그것은 선명한 푸른 고래였다. 록현의 어깨 뒤에 새겨진 작은 푸른 고래 타투! 현성은 자신의 것과 똑같은 푸른 고래를 뚫어지게 바라보았다. 록현은 천천히 몸을 숙여 스카프를 집어 들었다. 그리고는 그것을 다시 목에 걸쳤는데 이상하게 그녀의 뒷모습이 떨고 있었다.

접시를 깨끗하게 비운 록현이 자리에서 일어나 계산대로 다가왔다. 록현은 손을 뻗어 오디오에서 CD를 꺼내 백에 넣었다. 눈앞에 앉아있는 현성이 입술을 꼭 깨물고 자신을 바라보고 있었다. 록현이 잠시 숨을 고르고는 입을 떼려던 그때였다.

"여보, 빨리 가봐야 할 거 같은데!"

카페 문을 열고 들어온 종규가 소리쳤다.

"잠시 사무실에 들러야 할 것 같아."

"…네."

종규는 할 말을 마치고 나갔다. 충격을 받은 현성은 록현을 올려보았다. 록현은 침을 꼴깍 삼키고는 허공을 잠시 응시하다가 잠긴 목소리로 말했다.

"저… 있죠?"

현성의 눈빛이 흔들렸다. 그의 충혈된 눈에 어느새 물기가 고여 있었다.

"오늘 먹은 값… 다음에 드릴게요."

"……!"

딸랑-. 은색 종이 흔들거렸고 록현은 카페를 나갔다. 종규는 차에 오르는 록현을 쳐다보았다. 이미 짜증이 난 표정이었다. 차를 출발시키면서 종규가 한마디 했다.

"안 더워? 에이!"

록현은 차창에 기대어 카페가 멀어지는 것을 바라보았다. 지중해 카페가 점차 멀어지고 있었다. 그때, 현성이 문을 열고 밖으로 뛰쳐나왔다. 록현은 사이드미러를 통해 현성의 모습을 볼 수 있었다. 현성은 떠나가는 차의 뒤꽁무니를 망연자실 바라본 채 그 자리에 멍하니 서 있었다.

"왜, 무슨 일 있어? 안색이 영 안 좋은데?"

종규는 록현을 보면서 이상하다는 듯이 물었다. 록현은 아무 말도 할 수가 없었다. 입 안 가득 끈끈한 점액질이 기도를 막고 있는 것 같았다. 숨을 쉬는 것조차 힘들었다. 종규는 한숨을 내쉬었다.

"괜히 저기 들러서 더위 먹은 거 아냐?"

위이이잉-. 그때 종규의 핸드폰 진동이 울려댔다. 종규는 이어폰을 꽂고 밝은 목소리로 통화를 시작했다.

"네, 실장님. 그렇지 않아도 집에 들어가서 전화 드릴까 생각했는데 마침 연락을 다 주시고! 그럼요."

록현은 엄지손톱을 물어뜯으며 사이드미러를 바라보았다.

'이록현… 정말 할 얘기가 많지 않니? 정말 하고픈, 묻고픈 얘기가 얼마나… 얼마나….'

현성이 가슴을 부여잡고 하늘을 올려보더니 이내 땅바닥에 주저앉는 것이 보였다. 순간 가슴이 울컥거리며 뜨거운 뭔가가 올라왔다. 록현은 비로소 깨달았다. 현성이 반드시 온다는 것을 알고 있었으면서도 홀로서기를 고집했던 자신의 어리석음을. 그것은 결국 자신의 믿음이 얼마나 형편없는 것이었는지를 증명하고 말았다. 이제는 절대로 돌이킬 수 없기에 그리고 다시 돌아갈 수 없기에 가슴이 아려왔다.

'현성 씨, 미안해…. 남겨진 채로 살아간다는 것이 얼마나 힘든지 난 그걸 너무너무 잘 알고 있는데… 당신은 약속대로 돌아왔지만 저는 이미 다른 곳에 와버렸어요…. 현성 씨, 정말 미안해요.'

록현은 차창에 기대어 오열하기 시작했다. 새어 나오는 슬픔을 참아내려 입을 꾹 닫았지만 뜨거운 눈물이 멈추지 않고 흘러내렸다. 차창 밖의 풍경이 무겁게 침잠하고 있었다. 그리고 대화에 열중하고 있는 종규는 속도를 높이며 통화를 계속 이어가고 있었다.

　새벽에 한차례 소나기가 퍼붓고 나서 아침의 싱그러운 태양이 모습을 드러내자 온 대지는 진한 숲의 향기로 가득했다. 매미의 울음소리에 점령당한 낚시터에는 현성 외에는 그 누구의 모습도 보이지 않았다. 밤새 낚싯대를 드리우고 앉아있던 현성은 텀블러 밑바닥에 남아있는 마지막 커피 한 모금을 마셨다. 물 위를 스치는 바람에 엷은 물결이 반원을 그리며 멀리 달아났고 그 위를 하얀 나비 한 마리가 춤을 추며 날아다니고 있었다. 햇살은 온종일 소진할 열기를 서서히 예열하듯 점차 뜨거워지고 있었다. 록현이 지중해 카페를 다녀간 지 꼭 한 달이 되는 9월의 아침이었다.

　현성은 여전히 충격에서 벗어나지 못하고 있었다. 도대체 록현에게 무슨 일이 일어났던 것일까? 현성은 생각하고 또 생각해보았다. 추측해 볼 수 있는 것은 록현이 자신을 기다리면서 느꼈을 슬픔과 비애감이었다. 아마도 록현은 견디기조차 힘든 마지막 인내까지 소진했을 것이다. 그런 사실이 현성을 슬프게 했다. 그녀가 불안해하고 슬퍼했을 그 시간 내내 그녀는 오롯이 혼자였다는 것 말이었다.

　이유가 어떻든지 간에 그것은 자신이 원망받아 마땅한 일이었고 어떤 핑계로도 되돌릴 수 없는 결과가 되어버렸다. 중요한 것은 이제 세상에는 자신을 기다려줄, 따뜻하게 안아줄, 그 시간 속의 록현은 더 이상 존재하지 않는다는 사실이다. 현성은 지금부터 한없이 작아져가는 모습으로 숨을 쉬어야 했다. 자신을 배신한 듯 느껴져 오는 인생에 순응하면서 같은 시간과 공간의 어느 틈에 함께했던 그녀는 이제 현성의 기억 외에는 없는 것이나 다름없으니까….

   그때 어떤 사내가 현성의 옆으로 다가와 김이 피어오르는 뭔가를 내밀었다. 생각에서 빠져나온 현성이 고개를 들어 사내를 바라보았다. 장화를 신고 있는 그는 예전에 록현과 일했던 박 주방이었다. 그의 손에는 호박죽이 들려있었다. 현성은 박 주방을 멀뚱히 바라보았다.

   "거, 못 보던 얼굴인데. 여기 처음 오셨죠?"

   "…네."

   박 주방은 빙긋 미소 지으며 현성의 곁에 앉았다.

   "보니까 밤새 허탕 친 거 같던데 이것 좀 들어요. 오랜만에 호박죽을 만들어봤는데 맛이 어떨지는 모르겠네요. 뭐 해요? 어서 받지 않고."

   현성이 얼떨결에 호박죽을 받아 들자 박 주방은 흐뭇한 표정으로 낚시터를 바라보았다.

   "이곳 아주 좋죠? 조용하고. 나도 벌써 몇 년이나 여기서 장사하고 있지만 질리지가 않아요."

   그때 현성의 핸드폰 진동 소리가 울려댔다. 핸드폰을 꺼내는 현성을 보며 박 주방은 벌떡 몸을 일으켰다.

   "그럼 고기 많이 잡으슈."

   "…잘 먹겠습니다."

현성이 고개 숙여 인사하자 박 주방은 고개를 끄덕여 보이고는 천천히 낚시터를 빠져나갔다. 현성은 계속 울려대는 핸드폰을 받으며 목소리를 낮추었다.

"응, 건태야."

현성은 잠시 들려오는 목소리를 듣다가 문득 시계를 들여다보았다. 8시 20분이 지나고 있었다.

"글쎄… 난 잘 모르니까 그건 네가 알아서 해."

현성은 전화를 끊고 한숨을 내쉬었다. 오늘 새벽 도매시장을 다녀온 곱슬머리 종업원 양건태가 유통기한이 임박한 기존의 재료들을 폐기 처분하자고 걸려온 전화였다. 현성은 록현이 다녀간 이후부터 카페 일을 종업원이자 매니저인 건태에게 맡기고는 낚시터를 찾아 하릴없이 시간을 보내고 있었다. 건태는 죽은 양건주의 네 살 터울의 친동생이었다. 어릴 적부터 친했던 양씨 삼 형제의 막내둥이 건태. 집안 내력인 곱슬머리를 제외하고는 외모나 성격이 큰형 건식이나 작은형 건주와도 많이 달랐던 건태는 매사에 진중하고 적극적인 성격의 소유자였다. 그러나 목소리는 형 건주와 어쩜 그렇게 똑같은지 현성은 건태가 얘기할 때마다 자주 놀라곤 했다. 양식 요리사 자격증이 있는 건태는 요한의 제안으로 지중해 카페에 오게 되었고 이제는 현성과 친형제처럼 지내고 있었다. 정식 요리가 아니면 현성에게 주방을 넘기고는 서빙을 포함한 잡일을 도맡아 하는 건태는 요리에 있어서는 그만의 확고한 철학이 있었다.

"형, 요리는 인생 그 자체라니까요. 정성이 요리의 맛을 좌우하는 만큼 그릇에 옮겨지는 결과물도 설렁설렁했다가는 인생 헛사는 것과 다를 게 뭐가 있겠어요?"

건태는 틈만 나면 현성에게 요리의 세계를 얘기했다. 현성은 그때마다 건주의 목소리가 겹쳐 들려와서 눈시울이 붉어지곤 했다. 사실 건태는 현성과 아무런 문제 없이 잘 지내고 있었지만 떠나간 형 건주의 무게는 항상 그를 짓누르고 있었다. 현성은 그런 건태를 항상 챙겼으며 그것을 잘 알고 있는 건태도 현성에게 모든 것을 의지했다. 실질적으로 메뉴 개발이나 카페 운영도 건태에게 넘긴 현성은 이제는 서류상의 주인일 뿐 그 이상도 그 이하도 아니었다.

문득 허기를 느낀 현성은 박 주방이 끓인 호박죽을 들고 천천히 먹기 시작했다.

하늘은 금세라도 비가 올 듯이 물기를 머금은 잿빛 구름이 낮게 깔려있었다. 록현은 모처럼 남편인 종규, 친구인 미란과 함께였다. 감미로운 재즈 선율이 흐르는 와인 바는 노란 스포트라이트 조명 불빛에 은은하게 빛나고 있었다. 록현은 와인을 마시고는 있었지만 날씨 탓인지 기분이 썩 유쾌하지는 않았다. 반면 종규와 미란은 술기운이 도는 듯 기분 좋게 대화를 이어가고 있었다. 종규는 문득 록현을 보며 미란을 추커세웠다.

"여보, 알지? 미란 씨 덕에 이번 공사 정말 저렴하게 끝났잖아."

"치, 구박하실 땐 언제고요….."

미란은 록현에게 하소연하듯이 덧붙였다.

"록현아, 너 아니? 네 남편 공사 내내 조목조목 따져가면서 참견하는데, 어휴! 종규 씨네 사무실만 아니었으면 나 진작에 때려치웠어."

"이런, 미란 씨가 맘 상하셨나 보네요. 자, 기분 푸시고 건배!"

미란이 새침한 표정으로 잔을 들었다. 그런 미란을 바라보던 록현은 희미하게 미소 지었다.

"고마워, 미란아."

"치, 고맙긴. 어쨌든 오늘 종규 씨가 한턱 제대로 쏜다고 했으니 기대할게요."

미란이 장난스럽게 종규를 째려보자 종규는 엄살 부리듯이 머리를 긁적였다.

"이거 겁나는데요."

"그런데 영석 씨는 안 와?"

록현은 미란 옆의 빈자리를 쳐다보았다.

"놔둬. 그 인간 무슨 모임 있대서 그냥 거기서 시간 보내라 그랬어."

와인을 마시던 미란의 눈이 갑자기 빛났다.

"아, 참! 그거 말했니?"

"그거… 라니?"

록현은 미란이 무슨 얘기를 하는지 몰라서 눈을 동그랗게 떴다.

"영석 씨 처음 봤을 때, 록현이 네가 치한인 줄 알고 하이힐 들고 소동 피운 거."

"그게… 무슨 소리예요?"

종규가 의외라는 듯이 록현을 보았다.

"얘는 그런 얘길 왜 해. 좋은 얘기도 아닌 걸 가지고."

록현이 제지하려 했지만 미란은 종규에게 얼굴을 내밀고 까르르 웃어 보였다.

"재밌잖아. 종규 씨, 들어보실래요?"

미란은 단숨에 와인 잔을 비우고는 홍조 띤 얼굴로 이야기를 시작했다. 낮은 한숨을 쉬며 록현은 시선을 창가로 옮겼다. 바깥은 어느새 추적추적 비가 내리고 있었다. 아주 오래전에 지중해 카페의 창으로 보았던 비와 무척이나 닮아있었다.

남편과 미란이 함께한 외식이 있고 나서 사흘 동안 록현은 몸살로 인해 거의 녹초가 되어있었다. 그날 술에 취한 미란을 집까지 태워다 줬을 때 미란이 자기 집에서 한 잔 더 하자는 제안을 뿌리치지 못한 것이 문제였다. 이미 발동이 걸린 남편 종규도 오케이를 외치며 밤새 미란 집에서 독한 양주를 두 병이나 더 마셨다. 록현은 그날 아무런 거리낌 없이 자유롭게 말하고 그렇게 많이 웃는 남편의 모습을 처음 보았다. 아마도 미란이 종규를 오랜 친구처럼 잘 대해줬기 때문이리라...

록현은 몸살이 걸린 자신의 모습이 한심하게 느껴졌다. 정작 술을 마신 것은 남편과 미란인데 마치 자신이 술병이 난 것처럼 드러누웠다는 것이 미안하기도 했다.

이윽고 몸을 털고 일어난 록현은 베란다 창을 열었다. 더운 바람이 후끈 밀려들어왔다. 시간을 보니 10시 40분이 넘어가고 있었다. 록현은 도시의 불빛들을 바라보다가 거실에 놓여있던 핸드폰을 확인해보았다. 평소 같았으면 분명히 먼저 연락했을 텐데 이 시간까지 들어오지 않다니…. 무음 모드 상태의 핸드폰을 들여다보던 록현은 9시 50분에 음성 메시지가 이미 들어와 있음을 확인했다.

"여보, 몸은 괜찮아? 당신 힘들게 누워있을까 봐 그냥 음성으로 남겨. 거래처 팀장이 오늘 부친상을 당해서 밤새 거기 있다가 아침에 회사로 바로 가봐야 할 거 같아. 그러니까 푹 자고 내가 내일 전화하면 와이셔츠랑 넥타이 챙겨서 사무실 앞에 좀 들러줄 수 있겠어?… 일단 아침에 전화할게, 굿 나잇."

음성 메시지를 확인한 록현은 창밖의 먼 곳을 바라보았다. 그리고 천천히 숨을 들이마셔 보았다. 폐부 깊숙이 들어온 공기가 온몸을 정화하는 것 같았다. 며칠째 움직이질 않아서인지 온몸이 찌뿌드드했다. 잠시 생각에 잠겨있던 록현은 갑자기 몸을 돌려 옷들이 걸려있는 작은 방으로 들어갔다.

　록현은 남편 종규의 사무실에 도착했다. 야간 경비 소장이 자리를 비웠는지 로비엔 사람 한 명 보이지 않았다. 엘리베이터에서 내린 록현은 6층의 현관문 도어 록 버튼을 눌렀다. 종규가 전에 사무실 구경을 시켜줄 때 알려준 비밀번호는 록현과 종규의 결혼기념일 날짜였다. 록현은 내일 환한 시간에 나와 움직이고 싶지 않았다. 차가 막히는 도로도 그렇고 남편이 셔츠를 받고는 급히 자리를 뜨는 상황도 경험하고 싶지 않았다. 한편으로는 남편이 오늘 밤을 장례식장에서 샌다는 것도 내심 걱정되었다. 록현은 생각했다. 차라리 답답한 마음을 풀 겸 이런 밤에 남편의 옷을 사무실에 미리 갖다 놓으면 내일 서로가 번거롭지 않으리라.
　어두컴컴한 복도를 지나자 희미한 불빛이 보였다. 록현은 와이셔츠가 든 쇼핑백을 만지작거리며 발걸음을 옮겨 남편의 사무실 문 앞에 멈춰 섰다. 컴퓨터를 켜놓고 퇴근한 까닭인지 블라인드를 내린 통유리 창 틈으로 희미한 불빛이 새어 나오고 있었다. 록현은 문손잡이를 천천히 잡았다. 그런데 그때 사무실 안에서 도란도란 어떤 목소리가 들려왔다. 깜짝 놀란 록현은 블라인드 틈을 통해 안을 들여다봤다. 가느다란 틈이었지만 내부를 환히 들여다볼 수는 있었다. 스탠드 불빛에 비치는 사람을 보던 록현은 순간 두 눈을 의심했다. 거짓말처럼 남편 종규가 사무실 안에 있는 것이 아닌가. 그런데 종규는 혼자가 아닌 누군가와 함께 있었다. 그것도 여자와. 록현은 침을 꼴깍 삼켰다. 의자에 앉아있는 남편 종규 앞 책상 위에는 한 여자가 앉아있었다. 록현은 앉아있는 여자가 누구인지 얼굴을 들여다봤다. 그 순간 록현은 몸이 얼어붙고 말았다. 여자의 모습은 다름 아닌 친구 미란이었다. 놀란 록현은 손으로 입을 틀어막았다. 미란은 미니스커트 차림으로 다리를 벌린 채 종규를 마주하고 있었다. 종규는 의자에 앉아 그녀의 스커트 속으로 손을 넣어 허벅지를 문지르고 있었다. 미란은 간지럽다는 듯이 웃으며 종규의 가슴께에 발을 얹었다. 얼굴이 후끈 달아오르며 머릿속이 하얘졌다. 현실을 부정하기엔 너무나도 선명한 광경이었다. 언제부터? 그러나 깊이 생각할 겨를이 없었다. 와이셔츠 백을 문 앞에 내려놓은 록현은 황급히 사무실을 빠져나왔다. 건물 1층에 내리면서도 자신이 왜 도망쳐야 하는지도 모른 채였다. 현기증이 일어났다. 록현은 건물 담벼락에 기대어 숨을 몰아쉬다가 헛구역질을 해댔다. 머릿속엔 그저 모든 것이 어그러지고 엉망인 혼돈뿐이었다.

24

2년 후

촛불이 생일 케이크를 환하게 밝히고 있었다. 현성은 푸석한 얼굴로 생일 축하 노래를 듣고 있었다.

"···사랑하는 김현성, 생일 축하합니다!"

노래를 마친 요한과 건태는 호들갑스럽게 박수를 쳐댔다. 요한은 정장 때문인지 눈에 띄게 말쑥해진 모습이었다.

"자, 장풍으로 꺼보거라. 세월을 이만큼 보냈으면 내공이 그 정도는 쌓였겠지?"

"네, 사부님!"

죽이 척척 맞는 둘이었다. 현성은 장난스럽게 손바닥을 쭉 뻗어, 장풍으로 촛불을 멋지게 껐다. 요한은 미소 지으며 고개를 끄덕여 보였다.

"와! 뭐야? 이게 정말 장풍으로 꺼진단 말이야? 형! 이거 마술이에요?"

건태는 믿기지 않는 듯 촛불과 현성을 번갈아 보았다.

"야! 그딴 거 알려 그러지 말고 어서 준비한 요리나 내와!"

요한이 다그치자 건태는 진짜 신기하단 표정을 지어 보이고는 주방으로 쪼르르 달려갔다.

오후의 햇살이 따스하게 비추는 창가로 작은 화분의 그림자들이 나란히 줄을 맞추고 있었다. 건태가 요리한 비프스튜와 크림파스타를 맛있게 먹어치운 현성과 요한은 포만감을 느끼며 홍차를 홀짝였다. 얼마 전부터 본격적인 신부의 길로 접어든 요한은 이전과는 다르게 옷이나 용모에 신경을 쓰고 있었다. 그래서 그런지 행동이나 말투도 현성에게는 사뭇 다른 느낌으로 다가왔다. 광이 나는 구두를 티슈로 문지르고 있는 요한을 보며 현성이 한마디 했다.

"형, 신부님 되면 항상 그렇게 깔끔을 떨어야 해?"

요한은 빙긋 웃어 보였다.

"성직자가 지저분하면 되겠냐?"

"그럼, 수염은? 이 기회에 그냥 싹 밀지 그래?"

"얌마, 트레이드마크를 없애면 정체성이 사라져서 자존감 다운인 거 몰라?"

현성이 어깨를 으쓱해 보이자 요한은 문득 생각난 듯 말했다.

"아, 너 그거 모르지? 내가 봄에 지방 연수 갔을 때…."

현성은 차를 마시며 무슨 얘긴가 싶어 요한을 쳐다보았다.

"그 있잖아. 나 우연히 마주쳤는데! 너 몇 년 전 바다에서 여자 친구라고 소개했던 여자… 록현 씨! 맞지?"

록현이라는 이름에 현성은 온몸이 굳어버린 듯했다.

"기억나지? 야! 어쩜 그런 촌구석에서 마주칠 수가 있냐? 그때 시간이 돼서 같이 커피 한잔했거든? 근데 이미지가 많이 변했더라."

현성은 아무 말 없이 요한의 다음 말을 기다렸다.

"너, 록현 씨 결혼했었다는 거 몰랐지?"

현성은 조용히 숨을 들이마셨다.

"근데 얼굴이 어두워 보이길래 물었더니 이혼했다고 그러데."

요한은 록현의 모습을 떠올리듯 한숨을 내쉬었다.

"그러더니 조심스럽게 너 어떻게 지내냐고 묻길래 말 안 할까 하다가 너 사고 났었던 거 얘기해줬지, 뭐."

현성은 순간 가슴이 뜨거워지는 것을 느꼈다. 요한은 어깨를 툭툭 털면서 말을 이었다.

"쌍 고개 터널 사고가 그 당시에 얼마나 큰 사건이었는지도 전혀 모르던데? 하긴 TV 안 보면 모를 수도 있지. 연락처라도 있었으면 어찌어찌 알려주고 했을 텐데, 그땐 뭐 그딴 생각할 겨를이나 있었냐? 아무튼, 네가 사경을 헤매다가 간신히 살아났다는 거 듣고서는 고개만 내내 숙이고 있어서 거기까지만 얘기해줬지. 뭐, 어쨌든 그때 보기엔 록현 씨가 이혼하고 머리 복잡해서 혼자 여행이라도 온 거 같았는데… 에이, 사람 인생 저마다 사연이란 게 참. 아, 그리고 이거."

요한은 생각난 듯 주머니에서 작은 통을 꺼내 현성에게 내밀었다.

"뭐야? 이건?"

현성이 잠긴 목소리로 묻자 요한이 확인해보라는 듯 고개를 끄덕여 보였다. 통을 열어보니 놀랍게도 누나 현주가 록현에게 건넨 그 반지가 들어있었다.

"무슨 뜻인지 모르겠지만 마땅히 묻을 데가 없다고 너한테 전해달라던데?"

현성은 반지를 물끄러미 바라보며 예전 자신의 대사를 떠올렸다.

'이렇게 하면 어떨까요? 어차피 이 반지는 이제 록현 씨 거니까 끼고 있다가 혹시라도 계속 마음에 걸리면 그땐 저 뜰 어딘가에 묻어버리는 거예요. 여기 지중해 카페를 통해 일어난 모든 일을 기념하는 의미로. 어때요?'

반지를 돌려준 것으로 보아 그녀의 기억에서 지중해 카페와 현성의 존재는 이미 사라진 것이었다. 요한은 한숨을 내쉬었다.

"현주 누나 보내고 얼마 안 있어서 너 사고까지 겹쳤을 때, 세상 진짜 무너져 내리는 줄 알았다고 했더니 충격받은 얼굴로 날 쳐다보던 그 모습 정말…. 에이, 말하면 뭐 하냐. 지금쯤 외국에 있을 텐데."

"……!"

"마음 정리되는 대로 바로 떠난댔으니까 지금쯤 어딘가에서 잘 살고 있겠지."

요한은 물 잔을 들이켰다.

"아, 참. 그리고 그때 록현 씨가 물어보기에 너희 부모님 얘기도 해 줬다."

요한은 록현과 우연히 만났었던 그 당시 일을 떠올렸다.

바다가 보이는 가게 앞, 파라솔 테이블에 마주 앉은 요한과 록현이 캔 커피를 마시고 있었다.

"궁금하세요?"

요한이 묻자 록현은 가라앉은 목소리로 말했다.

"그때 현성 씨 어머니는 어릴 적에 사고로 돌아가셨다고만 들어서요."

요한은 한숨을 쉬더니 먼 바다를 바라보았다.

"아저씨가 어부였단 얘기는 했었죠?"

요한의 말에 록현은 가만히 고개를 끄덕였다.

"현성이가 중학교 2학년 때니까 열다섯이었네요. 아저씨가 아주머니를 배에 태우고 먼바다로 나갔어요. 모처럼 부부가 단둘이 데이트를 한 거죠. 근데 파도가 거세지니까 아저씨가 키를 고정하려고 급히 기관실에 들어갔는데 그사이에 뱃머리에 앉아있던 아주머니께서 흔적조차 없이 사라져버린 거예요."

록현은 놀란 얼굴로 요한을 보았다.

"방심했던 한순간 파도에 휩쓸려 버린 거죠… 그 후 아저씨께서 바다를 미친 듯이 뒤져봤지만 끝내 찾질 못했죠."

그래서 바다에 대고 악을 쓰며 소리치는 걸까…. 록현은 생각했다.

"현성 씨에겐, 아주 아픈 기억이네요."

록현의 말에 요한은 고개를 끄덕여 보이더니 커피를 한 모금 마셨다.

"그 이후로도 아저씨는 시도 때도 없이 온 바다를 뒤지고 다녔어요. 근데, 이상한 게 일 년쯤 지난 어느 날 아저씨가 눈이 빠지도록 아주머니를 찾아 헤매는데 어디선가 나타난 푸른 고래 한 마리가 계속 배를 쫓아다니더래요."

요한은 그 현장을 직접 본 것처럼 눈을 빛내며 이야기했다.

"고래가 한참 동안을 배를 따라다니니까 문득 혹시 이 고래가 아주머니는 아닐까 하는 생각이 들었대요. 그런 거 있잖아요? 온 정신을 한 가지에 집중하면 이성적인 판단이 안 되는 거. 아마 그때부터 아저

씨는 아주머니와 푸른 고래를 동일시하게 된 게 아닌가 싶어요. 뭐, 살
다 보면 머리로는 설명할 수 없는 그런 얘기들 종종 듣잖아요."

지금 록현이 듣고 있는 이야기가 그랬다.

"확신이 선 그때부터 아저씨는 눈만 뜨면 그 고래를 다시 봐야 한다
면서 바다로 나간 거죠. 그러던 어느 날 결국 영영 돌아오지 않은 거고
요. 푸른 고래 찾아다녔다는 얘기는 전에 했었죠?"

말을 마친 요한이 록현을 쳐다보자 그녀는 두 눈을 감고 있었다. 요
한은 낮은 헛기침을 하고는 빈 캔을 만지작거렸다. 잠시 정적이 흐르
고 록현이 눈을 감은 채 들릴 듯 말 듯 한 목소리로 말했다.

"어릴 적에 바닷가에서 신발을 잃어버린 적이 있었어요."

무슨 소린가 싶은 요한이 록현의 얼굴을 빤히 쳐다보았다.

"해가 저물고 정신을 차려보니까 모래사장 저만치에 거짓말처럼 바
다에 떠내려갔던 그 신발 두 짝이 있는 거예요. 파도에 떠밀려갔다가
다시 돌아온 거죠."

의미를 알 수 없는 말에 요한은 고개를 갸웃해 보였다. 록현은 눈을
뜨며 요한을 보았다.

"기다리면 되돌아온다는 걸 몰랐었던 거죠. 그 사실을 깨달았을 땐
이미 가장 소중한 뭔가를 잃은 뒤였어요…. 지금처럼."

록현의 목소리 상태가 이상한 것인지 요한의 귀가 이상한 것인지는
모르겠지만 요한은 문득 이제껏 한 번도 들어본 적이 없는 사람의 목
소리를 들은 것 같았다. 그것은 마치 깊은 심연에서 올라오는 기포 같
은 울림 같았고, 어두운 숲속에서 어미를 찾으며 낮게 우는 어린 사슴

의 목소리와도 같았다. 말을 마친 록현은 웬일인지 미미하게 떨고 있었다. 그녀의 몸이 좋지 않은 상태라는 것을 요한은 한눈에 알아차릴 수 있었다. 그것은 현성의 병간호를 했던 경험으로 충분히 인지할 수 있었다. 하지만 그 증세는 너무도 미미해서 자칫 눈치를 못 채고 지나칠 수도 있는 그런 떨림이었다. 당황한 요한은 도움을 줘야 할 것 같아 자리에서 벌떡 일어났다. 플라스틱 의자가 바닥에 나뒹굴었다. 요한의 걱정스러운 표정을 보던 록현은 괜찮다는 듯이 희미한 미소를 지어 보였다. 요한은 그 자리에 굳은 듯 서서 아무 말도 하지 못하고 그저 그녀를 바라볼 뿐이었다. 먼 바다에 시선을 고정시킨 록현은 한참이 지나서야 떨림을 멈추었다. 요한은 놀란 가슴을 쓸어내리며 엎어져있는 의자를 일으켜 세우고 다시 자리에 앉았다.

"잠시 현기증이 났었는데… 이젠 괜찮아졌어요."

안정을 되찾은 듯 록현은 소리 없이 숨을 고르고 있었다. 어느새 눈에는 그렁그렁한 눈물이 맺혀있었다.

이윽고 록현의 얼굴이 사라지고 그 모습 위로 현성이 겹쳐서 나타났다. 요한은 그 당시 록현과의 짧은 만남의 시간에서 다시 현실로 돌아왔다. 요한은 고개를 떨군 현성을 바라보았다. 당시 록현의 이유를 알 수 없는 떨림과 눈물에 관한 얘기는 꺼내지 않은 것이 잘했다는 생각이 들었다.

"그때, 록현 씨가 얘기한 게 무슨 뜻이었을까?"

요한은 턱을 긁적이더니 말을 이었다.

"곰곰이 생각해보면 록현 씨가 뭔가 후회로 가득한 그런 과거를 얘기한 것도 같은데…. 에휴, 남의 사생활쯤으로 넘기고 말아야지. 솔직히 아쉬움 없는 인생이 세상에 어디 있냐. 안 그래?"

현성은 뭔가 깊은 생각에 빠져있었다. 요한은 마지막 홍차 한 모금을 마시고는 시계를 들여다보았다.

"벌써 시간이 이렇게 됐네? 현성아, 나 그만 가볼게."

"응… 가려고?"

"오후에 미사 없으면 너랑 한나절 보내고 싶었는데… 이해해라."

현성은 일어서는 요한을 따라 몸을 일으켰다.

"형, 고마워."

"생일 축하한다."

요한은 현성의 어깨를 툭 치고는 돌아섰다.

요한의 승합차가 숲길로 멀어지자 현성은 다시 카페로 들어와 자리에 앉았다. 반지가 놓여있는 탁자 위로 창밖 나뭇잎의 그림자들이 흔들거리고 있었다.

25

　농수산물 도매시장의 아침은 활기찼다. 제각기 신선하고 품질 좋은 물건을 고르기 위해 여기저기 차와 사람들이 뒤엉킨 소음들은 시장 안을 가득 메우고 있었다. 그 틈으로 현성과 건태도 청과물을 포함해서 필요한 물품을 구입하기 위해 단골 가게 앞에 서서 물건을 들여다보고 있었다. 정기 휴일인 오늘, 모처럼 건태와 함께 도매시장을 찾은 현성은 북적이는 시장의 분위기에 압도되고 말았다. 새삼 치열하게 살아가는 삶의 생생한 현장감이 고스란히 전해져왔다. 현성은 헤아려보니 이런 시장을 찾은 지가 꽤 오래되었음을 깨달았다. 그동안 전적으로 건태가 도맡아서 장을 봐왔으니 특별히 도매시장을 드나들 일이 없었다. 거기에다 사고 이후 사람들이 북적거리는 곳을 일부러 피해 다닌 것도 한몫했다. 군중들 틈에 섞여 있으면 쉽게 피곤하고 현기증이 찾아오는 것 때문에 한동안은 약에 의존해야 했으니 더더욱 그럴 수밖에 없었다. 그러나 이제는 그런 증세를 극복하고 다시 살아가는 자신을 보면 한편으로는 어색하고 때때로 믿기지가 않았다. 삶이란 참으로 이상한 것이다. 매일 그리고 매 순간 적응해야 하는 것도, 아픔을 꽁꽁 싸매고 살아가야 하는 것도 한순간 삐끗하면 감정이 균형을 잃고 금세 모서리에 처박혀버리니 생각의 운전을 항상 잘 해내야 하지 않겠는가.

　"형, 뭔 생각을 그렇게 해? 저기 순복이네로 가보자니까?"

건주의 목소리에 현성은 깜짝 놀라 정신을 차렸다. 아니… 건태의 목소리였다.

"네가 물건 고르고 있어. 난 저쪽 가서 커피나 한잔해야겠다. 네 것도 사 올까?"

"아니, 난 됐어. 그럼, 저기서 기다려요. 순복이네 둘러보고 올게."

건태가 사람들을 헤집고 걸어가는 뒷모습을 보면서 현성은 가까이 보이는 노상 커피를 파는 할머니 쪽으로 다가갔다.

커피를 홀짝거리며 주변을 시선으로 훑던 현성은 문득 들려오는 어떤 목소리에 고개를 돌렸다. 대여섯 살쯤 되어 보이는 어린아이가 커피 판매대 곁의 유모차에 앉아 동화책을 펼쳐 들고는 또박또박 소리 내어 읽고 있었다.

"아이구, 우리 손녀 글도 잘 읽네?"

커피 할머니는 사람들에게 커피를 팔면서 손녀를 바라보았다. 칭찬에 신이 난 아이는 더욱더 목소리를 높여 읽기 시작했다.

"그래서 우산 장수 할아버지는 여우 피리를 품에 넣고 무지개 끝 마을을 나섰습니다! 할머니, 무지개 끝 마을이 어디야?"

커피 할머니는 미소 지으며 커피를 저었다.

"아주 먼 곳이야. 자, 그럼 그다음 줄 읽어줘야지?"

아이의 목소리를 듣던 현성은 흠칫 놀랐다. 그의 귓전으로 오래전 록현의 목소리가 들려왔다.

'쓰다 말았는데 사실은 다시 시작할까 생각 중이에요. 무지개 끝 마

을에 사는 우산 장수를 찾아가는 한 어린아이의 얘기예요.'

현성은 이끌리듯이 아이에게 다가가 동화책을 들여다봤다.

"어, 할머니?"

현성에게 놀란 아이가 작게 웅얼거렸다. 커피 할머니는 무슨 일인가 싶어 현성을 쳐다보았다. 현성은 동화책의 제목을 유심히 바라보았다. 《우산 장수와 여우 피리》 그때, 아이의 엄마가 어디선가 다가와 목소리를 높였다.

"수현아, 이제 할머니 일하시게 우린 집으로 가자."

꾸러미를 잔뜩 든 아이 엄마는 현성을 경계하듯이 쳐다보았다. 동화책의 제목을 확인한 현성의 가슴은 방망이질 치고 있었다. 몸을 돌려 달려가는 현성을 보며 아이 엄마가 고개를 갸웃해 보였다.

"엄마? 아는 사람이야?"

"글쎄다. 안면이 있는 것도 같은데… 잘 모르겠네?"

커피 할머니는 방금 탄 커피를 아이 엄마에게 건네며 한마디를 덧붙였다.

"저런 관상은 옛날 같으면 집집 돌아다녀도 평생 밥 얻어먹고는 살 얼굴인데…."

커피 할머니의 말을 들은 아이 엄마가 대뜸 목소리를 높였다.

"엄만… 그 와중에 인물 타령이에요? 나쁜 사람이 어디 얼굴에 쓰여 있나? 내가 보기엔 무슨 기생오라비같이 생겼구먼…."

동화책은 서점에서 바로 구할 수 있었다. 과거에 서점을 돌아다니며 록현의 이름을 직원들에게 물어봤던 기억이 떠올랐다. 애타게 찾아도 없던 책이… 현재 카페에 앉아있는 현성의 손에 들어와 있었다. 《우산 장수와 여우 피리》, 이록현 지음.

현성은 동화책을 들여다보며 울컥 치밀어 오르는 감정을 간신히 눌렀다. 책장을 펼쳐 출판사의 전화번호를 찾아내고는 핸드폰을 꺼내 들었다. 그러나 아무리 번호를 눌러보아도 연결이 되지 않았다. 시간을 확인해보니 9시 17분이었다. 혹시나 야근하는 직원이 전화를 받을 수도 있다는 생각에 몇 차례나 더 통화를 시도했지만 역시나 발신음만 들려올 뿐이었다. 현성은 핸드폰을 내려놓고 출판사의 주소를 들여다보았다.

늦은 밤까지 카페에 앉아있던 현성은 낚시터로 향했다. 달빛 아래 드리운 낚시찌가 물 표면 위에 얌전히 꽂혀있었다. 캠핑용 조명등을 밝힌 현성의 주변으로 작은 들꽃들이 비스듬하게 자라난 것이 보였다.

"오래간만에 오셨네?"

반갑게 다가오는 박 주방의 손에는 냄비가 들려있었다.

"안녕하세요?"

박 주방은 미소 지으며 들고 온 냄비를 바닥에 내려놓았다.

"자, 이것 좀 같이 들어요."

박 주방이 냄비뚜껑을 열자, 찌개에서 모락모락 김이 피어올랐다.

"…고맙지만 전 지금 생각이 없네요."

"에이, 한 입 하면 생각이 바뀔 거니까 들어봐요. 이래 봬도 내가 옛날에 잘 나가던 주방장 출신이에요."

박 주방은 자리를 깔고 앉으며 품에서 소주를 꺼냈다.

"그저 이런 밤엔 달빛을 벗 삼아 한잔하는 게 최고 아니겠습니까?"

현성은 어정쩡하게 자세를 고쳐 앉았다.

"그럼 전 그냥 술만 한잔하겠습니다."

받은 잔을 단숨에 비워낸 현성은 입가를 문질렀다.

"뭐 해요? 어서 맛보지 않고?"

박 주방의 재촉에 현성은 찌개를 한 숟갈 떠서 입에 넣었다.

"어때요? 맛 괜찮죠?"

"이야… 맛있네요."

현성은 감탄하며 고개를 끄덕여 보였다.

"직접 담근 고추장에 제주 흑돼지 넣고 끓인 거니까 맛있게 들어요."

현성이 찌개를 먹는 모습을 흐뭇하게 지켜보던 박 주방은 의자 위에 올려있는 록현의 동화책을 발견했다.

"근데 뭔 책이 이렇게 이쁘다냐?"

박 주방이 책을 집으려던 그때 그의 핸드폰에서 트로트 노래가 흘러나왔다. 박 주방은 발신자를 확인하고는 재빠르게 통화 버튼을 눌렀다.

"응, 여보. 지금? 아이, 참. 알았어… 알았다니까."

박 주방은 전화를 끊으며 현성의 눈치를 살폈다.

"젠장, 여편네 때문에 한 잔도 못 하네. 어디 보자, 이거 먹고 냄비는 그냥 거기다 두면 되겠네요."

"아뇨, 그냥 가져가세요. 이러실 필요까진…."

현성의 만류에도 박 주방은 그대로 몸을 돌려 낚시터를 빠져나갔다.

26

출판사 직원은 피곤한 얼굴로 현성을 쳐다보았다. 현성이 동화책을 보여주며 뭔가를 묻자 그는 창가 쪽을 가리켰다.

"무슨 일이시죠?"

창가에 서 있던 허 실장이 몸을 돌려 현성을 바라보았다. 아이라인과 마스카라를 짙게 그린 그녀는 누군가와 열심히 통화하고 있었다.

"저… 이록현 작가님 연락처를 좀 알려고 찾아왔습니다."

현성의 시선을 빤히 보던 그녀는 핸드폰에 대고 목소리를 높였다.

"아니, 그건 마음에 안 든다니까."

허 실장은 통화를 계속하면서 현성이 내민 동화책을 흘끗 바라보았다.

"어, 잠깐만… 그런데 실례지만 누구시죠?"

"전 이록현 작가님 친굽니다."

핸드폰을 잠깐 내린 허 실장은 현성을 위아래로 훑어보더니 고개를 갸웃했다.

"글쎄요… 이 작가님 지금 미국에 계신 걸로 알고 있는데."

그녀는 다시 핸드폰을 들었다.

"다른 거로 보내줘 봐. 십분 안에, 알았지?"

허 실장은 통화를 마치고 자신 앞에 서 있는 현성을 쳐다보았다.

짙은 그리고 푸른

"뭐, 더 볼일이 있으신가요?"

"저, 작가님이 원고를 미국에서 보내온 겁니까?"

"아뇨, 전에 잠시 들러서 출판하고 다시 나가셨는데요."

현성은 지푸라기라도 잡고 싶은 심정이었다. 그러나 무미건조한 눈으로 자신을 바라보고 있는 허 실장에게서 정보를 얻어내는 것이 쉽지 않아 보였다.

"그럼 미국 전화번호나 주소 좀 알 수 있습니까?"

"그건 어렵겠네요. 이 작가님이 연락처를 전혀 알려주질 않아서 저희도 연락할 방법이 없거든요."

실마리가 보이지 않자 현성은 난감했다.

"그래도… 어떻게 방법이 없을까요?"

"글쎄요, 새 작품을 메일이나 우편으로 보내주신다면 몰라도…."

현성의 눈이 반짝 빛났다.

"그럼! 발신지 주소나 메일을 혹시 알게 된다면 언제든지 좋으니까 저한테 꼭 좀 연락 주시겠습니까?"

현성이 잽싸게 연락처를 메모지에 적어 그녀에게 건네려는 순간이었다.

"어, 박 과장! 어떻게 됐어? 어, 잠깐만!"

핸드폰을 받던 그녀는 흘깃 현성을 보고 메모지를 낚아챘다.

"알았으니까 가보세요."

현성은 온몸에 힘이 빠지는 느낌이 들었다. 아무런 성과 없이 제자리를 빙빙 도는 기분이었다.

자리에 앉아 컴퓨터를 두드리던 허 실장은 시계를 들여다보고는 한숨을 쉬었다. 9시가 넘었는데도 업무는 산더미였다. 몇몇 직원도 함께 남아 그녀를 돕기에 바빴다. 그때 노크 소리가 들리며 현성이 피자를 양손 가득 들고 들어왔다. '배달시킨 적 없는데?' 문 곁의 직원이 의아한 표정으로 바라보았다. 그러나 그는 아랑곳하지 않고 걸어 들어와 원탁 테이블 위에 피자를 내려놓았다.

"이거 다들 너무 과로하시는 거 같아서 영양 보충 좀 하시라고 가지고 왔습니다. 자, 한 조각씩 드시면서 하세요."

현성이 백 팩을 열어 콜라를 꺼내자 직원들이 쭈뼛거리며 쳐다보았다. 현성은 허 실장의 자리로 다가가 피자 한 판을 내려놓았다.

"실장님도 이것 좀 드시면서 하세요."

"…누구신지?"

허 실장은 현성을 오전에 마주한 것을 기억하지 못했다. 현성은 그러거나 말거나 다짜고짜 그녀의 쓰레기통을 뒤지기 시작했다. 순간 당황한 그녀는 무슨 일인가 싶어 두 눈을 동그랗게 떴다.

"이보세요, 지금 무슨?"

현성은 쓰레기를 뒤져 자신이 건네줬던 쪽지를 찾아내고서는 몸을 일으켰다.

"이거 아무래도 제가 너무 성의 없이 적어드린 것 같아서요."

현성은 구겨진 쪽지를 펼쳐보며 한숨을 내쉬었다.

"저기요."

황당하기 짝이 없는 허 실장은 테이블 쪽을 흘긋 쳐다보았다. 직원들은 어느새 모여 서서 피자를 먹고 있었다.

"허 실장님, 제가 따끈따끈한 명함을 만들어 왔거든요. 꼭 좀 부탁드리겠습니다."

명함을 정중하게 건넨 현성은 몸 돌려 사무실을 빠져나갔다. 몇몇 직원들은 나가는 현성에게 인사를 건넸다.

"뭐, 저런 사람이 다 있어?"

헛웃음을 지어 보이며 허 실장은 명함을 들여다보았다. 명함은 선명한 글씨로 인쇄되어 있었다.

이록현 작가 행복 찾기 운동 본부, 회장 김현성

그로부터 한 달이 지나가도록 현성은 출판사를 열다섯 번이나 방문해 매번 같은 피자를 놓고 사라졌다. 직원들도 허 실장도 이제는 현성이 사무실을 들를 때마다 그것이 당연하다는 듯 여기게 되었다. 허 실장의 만류에도 현성은 변함없이 피자를 배달했다. 하지만 록현의 소식은 들을 수 없었다. 어떤 이유에서건 록현은 출판사와도 연락을 주고받지 않고 있었다. 현성은 록현의 우편이나 메일이라도 들어오길 바랐지만, 그 역시 기약 없는 기다림일 뿐이었다.

늦여름이 지나가면서 가을로 접어든 바다는 스산한 모래바람을 날리고 있었다. 현성은 한없이 펼쳐진 바다를 바라보며 외투 깃을 여몄다.

"저 왔어요. 잘 지냈죠?"

현성은 나직한 목소리로 대화를 하듯이 얘기했다.

"엄마, 나 뜬금없는 얘기 좀 해도 되지? 그냥… 그러고 싶어요…."

말을 하다 멈춘 현성의 눈시울이 붉어져 있었다.

"그때 왜 록현 씨 가게 인수했는지 아세요? 엄마 알아? 그렇게 하면… 록현 씨가 언젠가 한 번쯤은 들러줄 것만 같았거든요. 근데 정말한 번, 딱 한 번 만났는데… 아무 말도 못 했어요."

아랫입술을 깨문 현성은 문득 주머니에서 반지를 꺼냈다.

"이거 뭔지 알아, 엄마? 현주 누나가 록현 씨한테 준 반지에요…."

반지는 햇살에 비쳐 반짝였다. 파도가 발밑으로 밀려왔다가 쓸려갔다.

"나, 이거 다시 돌려받았어요. 생각해보니까 록현 씨가 그 모든 기억은 이제 아무런 의미도 없다고, 묻어버릴 가치조차 없다고 돌려줬다는 걸 깨달았어요."

휘이잉 세찬 바람이 온몸을 휘감고는 멀리 달아났다. 현성은 천천히 주저앉아 힘없이 바다를 바라보았다. 이제 더 이상 버틸 힘이 없었다. 간신히 참아내며 여기까지 왔는데 이제 더는 어찌할 수 없는 무력감이 밀려들었다.

"엄마… 이제 나 어떡하지? 정말 더는 못 견딜 것 같아…."

시야가 눈물로 흐릿해지면서 현성은 엎드려 모랫바닥에 얼굴을 댔다. 지금껏 참아왔던 감정이 마침내 터져 나오고 있었다. 이제껏 비워내지 못했던 감정은 온몸의 수분을 다 빼낼 듯이 멈추지 않고 쏟아져나왔다. 엄마가 사라졌을 때 아빠와 누나와 함께 쏟아냈던, 실종된 아버지의 소식 앞에서 누나와 단둘이 쏟아냈던 그리고 누나를 그렇게 떠나보내고 현성 혼자서 쏟아냈던 그 눈물은 이번에도 멈출 줄을 모르고 하염없이 흘러나왔다.

한차례 폭풍우가 지나간 듯 힘없이 모래사장에 엎드려있던 현성은 문득 주머니에서 핸드폰이 울리고 있다는 것을 깨달았다. 목소리가 잠겨 제대로 말을 할 수조차 없는 현성은 녹초가 된 얼굴로 핸드폰을 들여다보았다. 누구인지 알 수 없는 번호가 찍혀있었다. 긴 한숨을 내쉬며 현성은 통화 버튼을 눌렀다.

곧바로 기차역으로 향한 현성은 밤 기차에 몸을 실었다. 조금 전에 걸려온 허 실장과의 통화 내용이 귓전에 맴돌았다.

'이제 피자는 그만 사 오셔도 돼요. 직원들이 살쪘다고 불평하는 거 아세요? 그리고 이록현 작가님이 미국에 있다가 다시 한국에 온 모양이에요. 주소 보니까 남해던데 제가 문자로 보내드릴게요. 그럼 행운을 빌어요.'

현성은 록현의 주소가 담긴 핸드폰을 몇 번이나 들여다보다가 창밖을 보았다. 빠르게 지나가는 어둠은 현성의 초조한 얼굴만을 비추고 있었다.

27

 기차는 어스름한 새벽이 돼서야 역에 도착했다. 현성은 근처에 있는 터미널로 가서 첫차의 차표를 끊었다. 하지만 첫차 운행은 두 시간을 더 기다려야 했다. 현성은 허기를 느끼지 않았지만, 역전 옆에 있는 해장국 집에 들러 깔끄러운 입안에 국물을 몇 번 떠 넣고는 몸을 일으켰다.

 그리고 자신과 마찬가지로 첫차를 기다리는 사람들 틈에 섞여 역전 의자에 앉아 외투 깃에 얼굴을 묻었다. 대기실의 TV에서는 지난밤에 있었던 사건 사고 뉴스가 흘러나오고 있었다. 신축 아파트 공사 붕괴 사고로 목숨을 잃은 건설 노동자와 정치권 로비 의혹으로 조사받던 어떤 기업인의 자살, 부부 싸움으로 홧김에 집에 불을 지른 50대의 가장, 하루라는 시간 속에는 곳곳에 상처 가득한 소식들로 가득했다. 오늘이 지나면 어떤 누군가의 시간은 영원히 끝이 날지도 모르는 하루가 다시금 밝아오고 있었다.

 시외버스를 타고 다시 목적지로 향하는 내내 현성은 마음을 졸이며 머릿속을 스쳐 지나는 무수한 기억들과 마주했다. 마치 몸에 박힌 날카로운 얼음 조각들이 서서히 녹아내리는 느낌이었다. 이제 몇 시간 후면 마주할 록현의 모습을 상상하자 입안이 바싹 타들어갔다. 어이없게도 웃음과 한숨이 한데 섞여 나왔다. 차창으로 아침 빛이 환하게 쏟아져 들어왔을 때 현성은 목적지가 거의 가까워졌다는 것을 알 수 있었다.

짙은 그리고 푸른

구멍가게 주인에게 수소문한 끝에 록현이 사는 민가를 찾을 수 있었다. 주소지를 향해 가는 길은 좁다란 골목을 지나 완만한 경사를 따라 한참을 올라가야 했다. 멀리 바다가 보이는 아기자기한 어촌마을이었다.

"실례합니다!"

한 민가의 대문 앞에 도착한 현성은 주소를 확인하고는 열린 문틈으로 안을 들여다보았다. 두 번이나 소리쳤는데도 아무런 응답이 없었다. 마당에 보이는 하얀 강아지 한 마리조차도 관심 없는 듯 누워 자고 있었다.

"아무도 안 계세요?"

현성은 일단 조심스럽게 안에 들어가 보기로 했다. 마당은 잡다한 각종 도구로 어지럽혀 있었고 허름한 기와집에선 아무런 기척이 들리지 않았다. 현성은 숨을 크게 들이마시고 다시 한번 목소리를 높였다.

"누구 안 계십니까?"

"누구세요?"

등 뒤에서 들려오는 소리에 돌아보니 50대로 보이는 아주머니가 빈 대야를 든 채 서 있었다. 신고 있는 장화에는 잔뜩 흙이 묻어있었다. 현성은 정중하게 인사했다.

"안녕하세요. 여기가 소별리 20번지가 맞습니까?"

"그런데… 뉘슈?"

아주머니는 현성을 위아래로 훑어보았다.

"전 서울에서 사람을 만나러 왔는데요… 여기 이록현 씨가 계신다고 해서요."

"아, 서울서 온 여자분?"

순간 현성의 가슴이 뜨끔했다.

"네, 지금 여기 있습니까?"

아주머니는 끝 방을 가리키며 말했다.

"저 방에 있을 긴데… 이봐요, 서울 처녀! 손님 왔는데!"

현성의 심장이 빠르게 뛰었다.

"자나? 가서 불러 봐요."

현성은 손에 땀이 배어나는 걸 느끼며 조심스럽게 문 앞으로 걸어가 멈춰 섰다. 방문을 앞에 두고 두 눈을 질끈 감았다.

"록현 씨!!"

현성은 드디어 그녀의 이름을 불렀다.

"록현 씨! 이록현 씨!"

그러나 방안은 여전히 잠잠했다. 현성이 다시 한번 부르려던 순간 방문이 덜컥 열렸다.

"……!"

그러나 문을 열고 나온 건 록현이 아닌, 초등학생으로 보이는 꼬마 아가씨였다. 아이는 졸린 눈을 부비며 현성을 올려다봤다. 현성은 가슴이 철렁 내려앉는 기분을 느끼며 자신도 모르게 한숨을 내쉬었다.

"아니, 네가 왜 그 방에 있어?"

아주머니가 소리치자 아이가 잠긴 목소리로 대꾸했다.

"에이씨, 서울 아줌마가 여기 있어도 된다고 했어."

"학교 갔다 왔으면 얼른 일 도와야지! 그 방에서 처자고 있으면 어쩔 거야! 냉큼 못 나와!"

"알았어."

아주머니의 호통에 아이는 슬금슬금 신발을 꿰찼다.

"근데 서울 손님은 안에 없나?"

"저기 오잖어."

현성은 아이가 가리키는 쪽을 돌아보았다. 그러나 록현이 아닌 다른 사람의 모습이 다가오고 있었다. 30대로 보이는 여인은 목에 카메라를 걸고 있었다. 현성은 그녀가 누군지 알 길이 없었다. 혹시 자신이 잘못 찾아온 것은 아닌가 싶어 다시금 주소를 확인하려 핸드폰을 꺼내 들었다. 그때 눈앞까지 다가온 여인은 현성과 아주머니를 번갈아 쳐다보았다. 그런데 그 모습은 전에 록현을 찾아왔던 바로 윤 작가였다.

"서울 처녀 손님이 왔네?"

"누구신지?"

윤 작가는 어리둥절한 표정으로 현성을 보았다. 현성은 침을 꼴깍 삼켰다.

"저 이록현 씨를 찾아왔는데…."

록현의 지인이란 걸 알게 된 윤 작가는 그제야 고개를 끄덕였다. 그녀가 설명하려던 순간 불쑥 아이가 나섰다.

"록현 아줌마는 섬에 갔는데요! 근데 아저씬 누구세요?"

"……!"

"서울서 왔다면 가족이신가?"

"록현 씨 친구입니다."

여자 세 명은 고개를 끄덕였다. 아이는 '잘생긴 아저씨가 아줌마를 찾는구나!' 하고 생각했다. 현성의 표정을 살피던 윤 작가는 차분한 목소리로 말했다.

"록현 씨는 여기서 배 타고 한 시간은 걸리는 작은 섬에 봉사하러 갔어요. 거기서 일 보고 오려면 일주일은 넘게 걸리지 싶은데⋯ 전 윤재희라고 해요. 바닷가 마을을 찍으러 온 사진쟁이에요."

현성은 난감한 표정으로 물었다.

"그럼 그 섬으로 들어가는 배를 타려면 어디로 가면 되죠?"

"지금 풍랑주의보가 내려서 섬에 아무도 못 들어가요. 아휴, 듣자 하니 지금 섬에 의약품이고 물이고 바닥이 났다는데⋯ 장난 아니랍디다."

아주머니의 말에 윤 작가는 고개를 끄덕여 보였다.

"록현 씨도 걱정이에요."

얘기를 듣던 현성의 표정이 굳어졌다.

"저⋯ 록현 씨가 들어간 그 섬 이름이 뭡니까?"

"울삼도라고 아주 작은 섬이에요."

현성은 잠시 현기증이 일어났다. 급격히 피곤함이 몰려왔다.

"저 죄송한데 록현 씨가 쓰던 방은 어딥니까? 잠시 있어도 되나요?"

"그러쇼. 물건엔 손대지 말고⋯."

아주머니는 현성을 반대편에 있는 다른 방으로 안내했다. 현성은 윤 작가에게 인사하며 록현이 쓰던 방으로 들어갔다.

책들이 포개진 앉은뱅이책상과 곱게 정리된 이불이 전부인 방은 작

짙은 그리고 푸른

고 어두컴컴했다. 현성은 록현이 이곳에 머물렀을 그림을 상상해보았다. 형광등을 밝히지 않으면 대낮에도 사물의 윤곽을 제대로 구분하기조차 힘든 어두운 방, 색 바랜 벽지와 군데군데 그을리고 들떠있는 장판. 록현은 이곳에서 혼자 무슨 생각을 하고 있었을까? 현성은 걸어가 작은 미닫이창을 통해 밖을 내다보았다. 록현이 바라보았을 먼바다가 아득하게 펼쳐져 있었다. 지금껏 보았던 바다와는 사뭇 다른 느낌의 풍경이었다. 한없이 고요하고 정적인 모습이 마치 한 폭의 풍경화를 연상케 하였다.

현성은 한동안 창가에 서 있다가 어느 틈엔가 몸을 돌려 벽에 등을 기대고 방을 우두커니 바라보았다. 세상과 완전히 분리된 어둑한 방은 시간의 감각조차도 느낄 수 없는 전혀 낯선 공간이었다. 순간 말할 수 없는 외로움이 엄습해왔다. 현성은 숨을 몰아쉬다가 천천히 그 자리에 주저앉았다. 그러자 방의 차가운 냉기가 온몸으로 전해져왔다.

미동 없이 앉아있던 현성은 문득 책들 사이에 비죽 튀어나온 무엇인가에 시선이 고정됐다. 이끌리듯 다가가 손을 뻗던 현성은 그것이 사진이라는 것을 금세 알아차렸다. 그러나 쌓여있는 책들의 무게에 사진은 꼼짝을 하지 않았다. 현성은 방의 형광등 스위치를 올리고 책상 위의 책들을 옆으로 옮겼다. 그러자 사진이 꽂혀있는 두툼한 가죽 다이어리를 발견했다. 현성은 그것을 펼쳐 사진을 들여다보았다. 사진 속에는 회색 티셔츠를 입은 터프돌이를 가운데에 두고 어색한 미소를 짓고 있는 현성 자신과 록현의 모습이 담겨있었다. 지중해 카페에서 아르바이트했던 때의 사진이었다. 순간 현성의 두 눈에 눈물이 핑 돌았다. 어떻게… 이 사진을 지금껏 간직하고 있었단 말인가….

　이윽고 사진을 제자리에 끼워놓고 다이어리를 덮으려던 현성은 문득 적혀있는 글을 발견했다. 가지런한 필체로 적혀있는 글이었다. 숨을 들이마시며 현성은 내용을 읽어 보았다. 글을 읽어 내려가던 현성의 눈빛이 점차 흔들렸다. 순간 방의 구조가 사라지면서 록현이 승용차에 앉아 지중해 카페를 바라보고 있는 상황으로 바뀌었다.

「나는 지금 현성 씨를 눈앞에서 몇 시간째 바라보고 있습니다. 저 문을 열고 당장 들어가고 싶은데… 하지만 용기가 나질 않네요. 짐작하건대 이것이 우리의 진짜 작별이 될 것 같습니다. 이 역시 제 멋대로인 걸 용서해주세요. 현성 씨… 아세요? 당신을… 당신을 무척 그리워했습니다.」

　써 내려가던 글을 멈추고 록현은 카페 유리창을 통해 내부를 바라보았다. 현성은 마감하려는 듯 대걸레로 바닥을 밀고 있었다. 그녀는 어둠 속의 운전석에 앉아 한참이나 현성을 그렇게 바라보고 있었다. 당장이라도 카페에 뛰어 들어갈 수 있었고 어리둥절해하는 현성을 끌어안으며 엉엉 울 수도 있었다. 그러나 록현은 그럴 수가 없었다. 어떻게 그럴 수가 있단 말인가. 저 자리를 지키지 못하고 모든 것을 마음대로 결정한 자신이 어떻게 그럴 수가 있단 말인가. 다이어리를 시트에 내려놓은 록현은 핸들에 고개를 파묻었다. 뻔뻔하게 모든 것을 잃고 나서 이제야 이곳을 찾아온 자신이 한없이 미웠다. 심호흡하던 록현은 결심한 듯 차의 시동을 걸었다.

낡은 다이어리는 록현이 오랫동안 간직했었던 듯 가죽 곳곳이 닳아있었다. 다이어리를 바라보던 현성의 눈이 금방이라도 눈물을 쏟아낼 것처럼 그렁그렁해졌다. 그리고 펼친 다이어리 맨 아래에는 이렇게 적혀있었다.

그리움은 깊은 들숨 같아서 요동치는 마음속 바다에
언제나 소리 없이 스며든다.
그리고는 심장을 싸맨 기억을 하나하나 벗겨내고는
이내 푸른 호흡이 되어 나오는 것이다.

사무치도록 가슴이 미어져 왔다. 현성은 이제야 깨달았다. 그녀는 생각보다 가까이… 아주 가까이에 있었던 것이다.

마당에서 들려오는 노랫소리에 현성은 잠에서 깨어났다. 부스스 몸을 일으키며 시간을 들여다보니 어느새 세 시가 넘어가고 있었다. 현성은 잠시 멍하니 앉아있다가 이내 정신을 차리고는 방문을 열고 바깥을 내다보았다. 아이가 마당에서 고무줄을 가지고 놀고 있었다. 아이는 동요를 부르며 펄쩍펄쩍 뛰다가 문밖으로 나오는 현성을 흘긋 쳐다보았다.
"얘, 물 좀 마실 수 있니?"

"오백 원이요."

"뭐가 오백 원이야?"

아이는 현성을 빤히 쳐다보았다.

"물 달라면서요?"

"물 한번 얻어먹는 데 그렇게 비싸?"

아이는 어깨를 으쓱해 보였다.

"싫으면 관두세요."

"그럼 천 원짜리인데… 거슬러 줄 거야?"

아이는 재빠르게 돈을 받아 들고는 부엌으로 들어갔다가 물이 가득 담긴 사발을 들고 나왔다.

"고맙다. 근데 거스름돈 안 줘?"

"어차피 신발 심부름값 받을 건데요, 뭐."

"……?"

불길한 마음에 현성은 자신의 신발을 확인했다. 신발 한 짝이 온데 간데없이 사라져있었다.

"아까 복실이가 물고 저 멀리 갔는데 찾아올까요?"

복실이는 마당에 들어설 때 봤던 하얀 강아지를 말하는 듯했다.

"그래? 어서 찾아올래?"

강아지가 물고 간 것이라면 신발이 온전치 않을 것 같다는 짐작이 들었다. 잠시 후 아이는 걸레짝이 되어버린 신발 한 짝을 들고 나타났다. 아예 신을 수도 없이 찢긴 신발은 보기에도 처참했다.

"서울 아줌마도 몇 번 당하고 나서는 항상 저 위에다 올려놔요."

아이가 가리킨 선반 위에 낡은 소쿠리가 보였고 신발 한 켤레가 그 안에 들어있었다. 짐작건대 사진을 찍는다는 윤 작가 것인 모양이었다. 현성은 할 말을 잃었다.

"그, 그럼 슬리퍼나 뭐 다른 신을 만한 거 없니?"

"하아… 있긴 있는데."

곤란한 표정의 아이 눈길이 머문 곳에는 아주머니용 꽃무늬 슬리퍼가 댓돌 위에 놓여 있었다.

현성은 저녁 무렵 방파제로 나왔다. 잔뜩 흐린 하늘은 금세라도 비가 올 듯 구름층이 낮게 깔려있었고 예사롭지 않은 파도가 넘실거리며 정박된 어선들을 흔들어대고 있었다. 현성은 먼바다를 바라보며 내일 일찍 록현이 있는 섬으로 들어갈 궁리를 했다. 무엇보다 배를 한 척 빌려야만 가능한 일이기에 꽃무늬 슬리퍼를 신은 현성은 어선이 모여 있는 곳으로 걸음을 뗐다. 그런데 갑자기 빗방울이 후드득 떨어지기 시작했다. 예상은 했지만 제법 굵은 빗방울이었다. 놀랍게도 불과 몇 초 사이에 장대비가 퍼부어대며 순식간에 섬을 적시고 있었다. 당황한 현성이 주변을 둘러보았지만, 마땅히 비를 피할 곳은 보이지 않았다. 그때 눈앞으로 민박집 아이가 걸어오는 모습이 보였다. 우산을 받쳐 든 아이는 다른 한 손에도 우산을 들고 쫄랑쫄랑 걸어와 현성 앞에 서는 것이었다. 현성은 순간 아이가 참 기특하다고 느꼈다.

"아저씨 주려고 온 거니?"

아이는 대답 대신 손을 내밀었다. 현성은 온몸으로 비를 맞으며 얼른 천 원을 꺼내 건넸다. 소녀는 그제야 우산을 건네주었다. 모양이 살짝 망가진 고물이었지만 그래도 그나마 다행이었다. 현성은 몸을 숙여 아이의 눈을 바라보았다.

"있잖아, 너 이렇게 돈 받아서 어디에다 쓸려고 그래?"

"이다음에 결혼하려고요. 우리 집이 가난해서 나 시집 못 보낸다고 엄마가 그랬거든요."

대답하는 아이의 눈망울이 순수하게 빛났다. 현성은 피식 웃었다.

"그렇구나. 근데 너 이름이 뭐니?"

"소연이요. 송, 소, 연."

"그래, 소연이는 벌써 결혼 걱정하는 거 보니까 남자 친구가 있나 보네? 그치?"

소연이는 고개를 세차게 저었다.

"어차피 나중에 생길 거니까 미리 준비해 두는 거예요."

"그렇구나. 그럼 이 아저씨가 우산값 거스름돈은 안 받을게, 알았지?"

"아뇨, 우산 빌려주는 거는 천 원이에요."

말을 마친 아이는 몸을 돌려 왔던 길로 되돌아갔다. 현성은 아이가 멀어지는 모습을 멍하니 쳐다보았다.

28

"이 사람이 미쳤나. 지금 나보고 그 위험한 데를 나가란 말이야?"

아침부터 찾아와 다짜고짜 섬으로 나가자는 현성의 말에 밧줄을 단단히 고정하고 있던 선주는 핏대를 세웠다. 밤새도록 내린 비는 아직도 그칠 줄을 몰랐다.

"제발 좀 부탁드리겠습니다…."

여러 선주를 만나봤지만 다들 똑같은 반응이었다.

"이 사람, 이거! 안 된다니까 그러네."

"이거라도 드리면 안 되겠어요?"

불쑥 끼어든 목소리에 현성과 선주는 고개를 돌려 쳐다보았다. 어느새 현성의 곁에 다가선 윤 작가가 목에 차고 있던 금목걸이를 선주에게 내밀었다.

"이거면 가능할 거 같은데… 어떠세요?"

제 눈으로 진짜 금인 걸 확인한 선주는 구미가 당기는지 망설였다.

"내, 이거 참…."

"오해는 마세요. 저도 섬에 들어가서 작품 좀 건질 계획이었거든요."

현성은 난데없이 나타나 도움을 준 윤 작가에게 어정쩡하게 인사했다.

그 시각, 울삼도에서도 날씨를 무릅쓰고 배에 오르려는 사람들이 있었다.

"풍랑주의보가 내려졌는데 위험하지 않을까요?"

보건소 직원들이 들것에 실린 노인을 힘겹게 배에 옮기며 걱정스럽게 말했다.

"그러게. 비상 헬기도 못 들어오는데 괜히 헛고생하는 거 아냐?"

"그렇다고 환자를 이렇게 방치할 수도 없잖아요."

함께 서 있던 의사가 직원들을 바라보며 목소리를 높였다.

"자, 시간 끌면 힘들어지니까 어서들 서두르죠."

의사의 인솔하에 직원들은 분주하게 출항할 준비를 마쳤다. 그때였다.

"잠깐만요!"

빗속을 달려와 황급히 배에 오르는 여인이 소리쳤다. 록현이었다. 급하게 뛰쳐나온 듯 그녀는 우비의 단추를 채우고 있었다.

"록현 씨! 몸도 안 좋은데 뭐 하는 거예요?"

"일손도 부족한데 저라도 도와야죠. 어서 출발하지 않고 뭐 해요!"

록현을 바라보던 직원들은 한숨을 내쉬었다. 쿠르릉 천둥소리가 하늘 가득 들려왔다. 기상이 걷잡을 수 없이 나빠져가고 있었다.

어선은 한 치 앞도 모르는 어두운 바다를 가르며 질주했다. 현성은 갑판에 앉아 하염없이 내리는 비를 올려다보고 있었다. '찰칵' 셔터 소리에 문득 고개를 돌려보니 윤 작가가 어두운 바다를 향해 카메라 셔터를 눌러대고 있었다.

"저, 고맙습니다. 이 은혜를 어찌 갚아야 할지…."

"사랑을 믿으세요?"

윤 작가의 난데없는 질문에 현성은 멍한 얼굴로 그녀를 쳐다보았다.

"네?"

"전 사랑 같은 거 믿지 않는 사람인데, 그쪽이나 록현 씨는 뭐라고 해야 하지? 서로가 운명인 것처럼 사랑을 믿고 있는 것 같아서요."

그녀의 말에 현성은 깜짝 놀랐다.

"록현 씨랑 전부터 알고 지낸 사이지만 속마음은 얼마 전에 들었어요. 술 한잔하면서. 현성 씨, 맞죠?"

윤 작가는 젖은 이마를 쓸어내렸다.

"이번에 록현 씨 만나면 정말 잘 되길 바랄게요. 진심으로."

그때 선주가 갑판 위로 뛰어나왔다.

"이거 도저히 안 되겠어요. 지금 배 돌립시다."

"왜요?"

윤 작가가 소리쳤다.

"괜찮거니 싶었는데 풍랑이 다시 몰려오고 있대요, 에이."

선주는 다시 선실로 들어갔다. 현성은 그를 따라 선실로 향했다.

"저, 어떻게든 안 되겠습니까?"

"무리했다간 사람이 죽을 판인데 그런 소리가 나와요?"

윤 작가는 한숨을 내쉬었다. 현성은 허탈하게 먼바다를 바라보았다. 여기까지 와서도 그녀를 만날 수 없다니… 가슴이 먹먹해져 왔다. 그런데 그때, 한 물체가 이쪽 배를 향해 다가오고 있었다.

"저기, 저건 뭔가요?"

현성이 가리킨 곳을 바라본 선주는 화들짝 놀랐다.

"뭐야 저거? 아니, 저 배 섬에서 나온 모양인데? 비상 깃발이 올라간 거 보니까 무슨 문제가 생겼고만!"

믿을 수 없다는 듯 망원경으로 들여다본 선주는 재빨리 무전을 쳤다. 사이렌 소리가 왱, 왱-. 바다에 울려 퍼졌다. 맞은편 배가 점점 가까워지고 있었다. 살았다며 손을 흔드는 사람들의 얼굴이 육안으로 보일 정도로 근접할 때쯤이었다. 순간 현성은 제 눈을 의심했다. 재빨리 선주의 망원경을 들고는 맞은편 배를 유심히 들여다보았다. 거짓말처럼 록현의 모습이 갑판 위로 보이는 것이었다. 현성은 뚫어져라 록현의 얼굴을 들여다보았다. 틀림없는 그녀였다.

"아니! 저기 록현 씨 아니에요?"

육안으로 확인한 윤 작가가 놀라 소리쳤다. 배가 몇 미터 앞에까지 맞닿자 록현도 맞은편 배를 바라보았다. 윤 작가를 알아보고는 손을 흔들어 보이던 그녀는 갑자기 굳은 듯 꼼짝도 하지 않고 배의 갑판을 바라보았다. 설움이 받친 현성이 아랫입술을 깨물고 서 있는 모습을 발견한 것이었다. 너무도 갑작스러운 상황이 믿기지 않는 듯 록현은 놀란 얼굴로 현성을 응시했다. 현성도 떨려오는 감정을 간신히 누르며 록현에게서 눈을 떼지 못했다. 번쩍 바다 위로 번개가 내리쳤다.

"무슨 일입니까?"

선주의 목소리가 바다 위로 울려 퍼졌다.

"도와주세요! 갑자기 엔진이 멈춰버렸어요!!"

사람들이 손나팔로 소리치며 위급한 상황을 알려왔다. 배의 거리가 가까워지자 록현은 자신도 모르게 '헉'하고 신음을 내뱉었다. 현성이… 현성이 지금 눈앞에 서 있었다. 모든 것을 인지한 순간 온몸의 신경세포가 불에 덴 듯 후끈 달아올랐다. 그리고 눈이 시큰거리는가 싶더니 어느새 눈물이 뺨을 타고 흘러내리고 있었다.

기필코 찾아온, 도무지 록현이라는 여인을 잊지 못하는 한 남자가 지금 맞은 편 뱃전에 서 있었다. 감당하기조차 힘든 감정이 울컥울컥 목을 타고 올라왔다. 생각해보니 현성은 그런 남자였다. 마감 시간이 지났어도 스파게티를 내올 때까지 꿈쩍도 하지 않는, 그 스산한 바닷가를 지쳐 쓰러질 때까지 쉼 없이 달리던…. 그리고 지금도 록현이라는 여자를 절대로 포기하지 못하는 현성은 그런 바보 같은 남자였다. 록현은 참아내려 했지만 결국 어린아이처럼 울음을 터트리고 말았다. 일행들이 그런 록현을 안쓰럽게 쳐다보며 그녀 앞에 구명조끼를 내밀었다.

자신들도 무서운 것은 마찬가지였다. 흔들리는 배 위에서 이처럼 제각각 밧줄을 부여잡고 위태롭게 구명조끼를 입게 될 줄은 생각지도 못했기 때문이다.

콰릉!! 천둥소리가 바다 가득 들려옴과 동시에 큰 파도가 일어났다. 상대적으로 작은 록현이 탄 배가 크게 휘청거렸다. 그때였다. 뱃전에 서서 울고 있던 록현이 중심을 잃고서 바다로 떨어져 내렸다. 그 광경을 보던 윤 작가가 '악!'하고 소리를 질렀다. 순식간에 사람들이 동요했다.

놀란 윤 작가가 어찌할 바를 모르고 몸을 구부려 바다를 내려다보던 그때 '풍덩!' 또 하나의 소리가 들려왔다. 현성이 망설임 없이 요동치는 바다에 뛰어든 것이었다. 록현이 바다에 떨어진 순간 현성은 믿기지 않게도 그 옛날 엄마가 파도에 휩쓸려 사라진 그 장면을 목격했다. 현성의 두 눈에 록현과 겹친 엄마의 모습이 선명하게 보이는 것이었다. 자신의 아버지처럼 엄마를 잃지 않기 위해, 현성은 넘실거리는 파도를 필사적으로 헤치며 록현에게 접근해갔다.

물에 간신히 떠있던 록현은 가라앉지 않으려고 손을 내저으며 안간힘을 쓰고 있었다. 그 모습을 지켜보던 사람들의 입에서 비명이 튀어나왔다. 록현의 입 안으로 계속해서 차가운 바닷물이 들어왔다. 그러다가 그녀는 자신을 향해 헤엄쳐 오는 현성을 발견했다. 현성은 록현에게서 시선을 떼지 않은 채 점차 가까워지고 있었다. 록현은 손을 저어 현성 쪽으로 움직였다. 어떻게 해서든 현성의 손을 붙잡아야 했다. 지금 이 손을 잡지 않으면 다시는 영영 기회가 오지 않는다는 것을 알고 있었다. 이제껏 잘못되었던 모든 어긋남은 그의 손을 잡지 않아서였으니까….

순간 다가오던 현성의 입에서 절규하는 듯 거친 소리가 들려왔다. 록현은 지금 현성이 울고 있다는 것을 알았다. 록현은 갑자기 짐승이 포효하듯 아악 소리를 내질렀다. 자신 때문에 현성이 또 울고 있다는 사실이 견딜 수 없이 괴로웠기 때문이었다. 그러나 록현의 목소리는 거친 파도의 위력에 묻혀 들리지 않았다. 쿠르릉 솟아오르다가 휘감기며 물결은 엄청난 힘으로 요동쳤다. 현성은 가까스로 록현의 근처까지 다가왔다. 그렇게 마음 졸이며 보고 싶었던 록현의 얼굴이, 그

어둠과 절망 속에서도 결코 놓을 수 없는 그녀의 얼굴이 현성의 눈앞에 있었다.

록현이 힘겹게 손을 뻗자 현성도 그 손을 잡기 위해 팔을 내밀었다. 마침내 현성과 록현의 손이 닿는 순간이었다. 그런데 집채만 한 파도가 순식간에 덮치며 둘의 몸을 물속으로 처박아버렸다. 현성과 록현은 죽을힘을 다해 서로의 손을 덥석 잡았다. 몸이 곤두박질치면서 회전했지만 록현은 필사적으로 현성의 품을 파고들었다. 부그르르-. 하얀 물거품이 일며 두 사람은 순식간에 바닷속으로 빨려 들어갔다.

모든 소리를 삼킨 바닷속은 평화롭고 조용했다. 기포가 사방에 가득한 어둑한 물속에서 두 사람은 서로를 끌어안은 채 마주 보았다. 머리카락이 나풀거리는 록현은 천천히 손을 뻗어 현성의 얼굴을 만져보았다. 정말 그가 그녀 앞에 와 있었다.

'나 너무 늦게 왔죠?'

현성의 목소리가 들려왔다. 고개를 가로젓는 록현의 얼굴이 창백하게 빛났다. 다시금 현성의 목소리가 들려왔다.

'그 반지 왜 돌려줬어요?'

현성을 뚫어지게 바라보는 록현의 눈이 처연하게 빛났다.

'현성 씨… 내가 어떤 얘길 하고 싶었는지 아세요? 그 반지 돌려줬으니까 이제 진짜 반지 받을 수 있는지 묻고 싶었는데….'

들려오던 록현의 목소리가 잠시 멈추더니 다시금 들려왔다.

'아직도 내가 그럴 자격이 있는지 묻고 싶었는데… 그동안 당신을 아

프게 한 내가 얼마나 미웠는지 아세요?'

현성은 손을 뻗어 흐느끼는 그녀의 얼굴을 어루만졌다. 록현도 떨리는 손으로 현성의 손을 꼬옥 잡았다. 바다 위로 번개가 내리친 듯 한순간 물속이 환하게 밝아졌다가 이내 어둠 속에 잠겼다. 서로를 애틋하게 바라보던 두 사람은 힘주어 안았고 입술이 맞닿으며 긴 입맞춤을 나누었다.

그리고⋯

이제 그들의 시간은⋯

마침내 영원히 정지했다.

에필로그

　해안 도로를 따라 달리는 오토바이의 뒷좌석엔 13살의 현성이 타고 있었다. 운전하는 아빠의 허리춤을 두 손으로 꼬옥 붙든 현성은 읍내에서 탕수육을 먹고 집으로 가는 길이었다. 교내 사생대회에서 우수상을 받은 기념으로 아빠가 사준 음식이었지만 얼마나 많이 먹었는지 숨쉬기조차 힘들었다. 현성은 아빠의 등에 얼굴을 기댄 채 아무 생각 없이 파도가 넘실대는 바다를 바라보고 있었다. 얼마쯤 그렇게 달렸을까? 현성의 시선이 문득 모래사장 한곳에 고정되었다. 어떤 여자아이가 바다를 보며 굳은 듯 서 있었기 때문이다. 자세히 보니 그 아이의 등 뒤로 큼지막한 모래성이 보였다. 아이가 혼자서 만들었다고는 믿기지 않는 크기였다.

　그런데 어느 틈엔가 아이가 모래성 위로 힘없이 풀썩 쓰러지는 것이었다. 현성의 두 눈이 휘둥그레졌지만, 아빠의 오토바이는 아이와 점점 멀어지고 있었다. 현성은 고개를 돌려 아이가 쓰러져있는 곳을 유심히 쳐다보았다. 그러나 아이의 모습은 순식간에 아득한 거리로 벌어져서 더 이상 확인할 수가 없었다. 이상한 느낌을 받은 현성은 그제야 아빠의 등을 두드렸다. 오토바이가 갓길에 멈춰 서자 현성은 아빠에게 아이의 방향을 가리키며 방금 보았던 상황을 설명했다. 잠시 후, 현성을 태운 아빠는 왔던 길을 되돌아가기 시작했다.

모래사장에 도착한 현성은 쓰러져있는 소녀를 흔들어 깨웠다. 간신히 눈을 뜬 소녀는 어찌 된 영문인지 창백한 얼굴로 떨고 있었다.

"얘, 너 집이 어디니? 어? 부모님은 어디 계셔?"

현성 아빠의 질문에도 아이는 계속 몸을 떨고 있을 뿐이었다. 한참이 지나고 나서야 아이는 눈물을 흘리며 입을 뗐다.

"아, 아빠가… 바다에… 바다…."

경찰이 오는 동안 현성은 떨고 있는 소녀를 위해 자신이 입고 있던 티셔츠를 벗어 소녀의 어깨를 덮어주었다. 집으로 돌아오는 오토바이 뒷좌석에서 현성은 자꾸만 아이가 있었던 곳을 돌아보았다. 이상하게도 자신이 겪은 일처럼 가슴이 먹먹해지면서 자꾸 눈물이 나왔다. 현성의 상체는 실오라기 하나 걸치지 않은 벗은 몸이었다.

그로부터 이십 년 후, 5월의 어느 화창한 날….

카페 지중해는 서울 외곽에 있었다. 현성은 승용차를 건네주기 위해 핸들을 돌려 숲길로 접어들었다. 감기 기운으로 인해 마스크를 하고 있던 현성은 서류에 서명을 받고 키를 건넸다. 이록현 고객은 말수가 적었고 눈빛이 깊고 차분한 사람이었다. 현성은 그녀를 마주한 순간 이상하게 가슴이 후끈거리며 숨이 차올랐다. 평생 처음 느껴보는 형용할 수 없는 감정이었다. 일을 마친 현성이 서류 봉투를 챙겨 들고 카페 길을 빠져나올 때 그의 손에는 그녀가 건네준 쿠키 봉지가 들려 있었다.

직접 만들었다는 쿠키는 향이 정말 좋았다. 현성은 숲길을 돌아 나

짙은 그리고 푸른

오면서 얼핏 뒤를 돌아보았다. 임시 번호판이 붙어있는 승용차에 오르며 환하게 웃던 그녀의 모습은 인상 깊은 영화의 한 장면 같았다. 보름 후, 현성은 그녀가 일하는 카페를 찾아갔다. 갑자기 비가 쏟아져서 우산도 없이 비를 온몸으로 맞은 날이었다. 누나의 일을 봐주고 간신히 카페 진입로로 들어섰을 때는 12시가 조금 지난 늦은 시간이었다. 실내등이 꺼진 것으로 봐서 영업은 끝난 것 같았지만 현성은 그녀를 어떻게 해서든 보고 싶었다.

카페 문 앞에 도착해서 보니 그때 자신이 탁송해주었던 승용차가 뜰 주차장에 세워져있었다. 이마에 붙인 붕대가 거추장스러웠지만 심호흡하고는 용기를 내어 문고리를 잡았다. 하지만 현성의 심장은 어느새 방망이질 치고 있었다. 잠시 후, 딸랑-. 소리와 함께 현성은 카페 안으로 들어갔다. 놀란 표정의 그녀가 현성을 바라보았다. 현성은 비에 젖은 머리를 쓸어 올리며 록현에게 가볍게 인사를 해 보였다.

"오늘 영업 끝났습니다."

숄더백을 걸친 록현은 간판의 스위치를 내리고 있었다. 현성은 그녀를 보는 순간 가슴이 철렁 내려앉는 것만 같았다. 자신이 기억하고 있던 날보다 그녀는 더 선명했고 조명등처럼 은은했다. 그리고 다행인지 아닌지 승용차를 탁송해주었던 자신을 알아보지 못했다. 떨려왔지만 티를 내지 않으며 현성은 정중하게 말했다.

"죄송하지만 스파게티 하나만 부탁드리겠습니다."

그때 계산대 옆에 비스듬히 놓여있던 커다란 몸집의 회색 곰 인형이 썰매를 타듯이 바닥으로 주르륵 미끄러져 내렸다.

짙은 그리고 푸른

1판 1쇄 발행 2021년 11월 15일

지은이 김희철

교정 윤혜원
편집 유별리

펴낸곳 하움출판사
펴낸이 문현광

주소 전라북도 군산시 수송로 315 하움출판사
이메일 haum1000@naver.com   **홈페이지** haum.kr

ISBN 979-11-6440-872-6 (03800)

좋은 책을 만들겠습니다.
하움출판사는 독자 여러분의 의견에 항상 귀 기울이고 있습니다.